21世纪普通高校计算机公共课程规划教材

数据库案例开发教程

(Visual FoxPro)

刘志凯　主编

陈秀玲　主审

郭鑫　陈井霞　白玲　等　编著

清华大学出版社

北　京

内 容 简 介

本书采用中小型数据库应用系统软件的常用工具 Visual FoxPro 作为开发平台,按任务驱动教学模式进行编写,在内容编写上贯彻理论够用、侧重实践的原则,突出知识的应用性。全书采用双项目并行机制,每章以解决项目 1——人事工资管理系统的具体任务为目标,通过任务介绍、任务分析、任务实施、任务总结和任务拓展的结构组织教学内容;并以完成项目 2——销售管理系统作为实训任务,将项目的具体任务分布到对应章节中。每章结尾配有相应的习题,这些习题绝大部分精选自近年 NCRE 考试原题,以便读者对所学理论内容进行针对性的自我评测。

本书既可以作为高等院校本、专科各专业的数据库应用课程教材,也可以作为实训教材,还可供社会各类计算机应用人员阅读参考。

图书在版编目(CIP)数据

数据库案例开发教程(Visual FoxPro)/刘志凯主编. —北京:清华大学出版社,2012.3
(21 世纪普通高校计算机公共课程规划教材)
ISBN 978-7-302-27835-1

Ⅰ. ①数…　Ⅱ. ①刘…　Ⅲ. ①关系数据库—数据库管理系统,Visual FoxPro—教材　Ⅳ. ①TP311.138

中国版本图书馆 CIP 数据核字(2012)第 003602 号

责任编辑:郑寅堃　薛　阳
封面设计:常雪影
责任校对:梁　毅
责任印制:张雪娇
出版发行:清华大学出版社
　　　　网　　　址:http://www.tup.com.cn,http://www.wqbook.com
　　　　地　　　址:北京清华大学学研大厦 A 座　　邮　　编:100084
　　　　社 总 机:010-62770175　　　　　　　　邮　　购:010-62786544
　　　　投稿与读者服务:010-62776969,c-service@tup.tsinghua.edu.cn
　　　　质 量 反 馈:010-62772015,zhiliang@tup.tsinghua.edu.cn
印 装 者:三河市春园印刷有限公司
经　　销:全国新华书店
开　　本:185mm×260mm　　印　张:12.75　　字　数:319 千字
版　　次:2012 年 3 月第 1 版　　印　次:2012 年 3 月第 1 次印刷
印　　数:1～3000
定　　价:21.00 元

产品编号:045288-01

出 版 说 明

　　随着我国改革开放的进一步深化,高等教育也得到了快速发展,各地高校紧密结合地方经济建设发展需要,科学运用市场调节机制,加大了使用信息科学等现代科学技术提升、改造传统学科专业的投入力度,通过教育改革合理调整和配置了教育资源,优化了传统学科专业,积极为地方经济建设输送人才,为我国经济社会的快速、健康和可持续发展以及高等教育自身的改革发展做出了巨大贡献。但是,高等教育质量还需要进一步提高以适应经济社会发展的需要,不少高校的专业设置和结构不尽合理,教师队伍整体素质亟待提高,人才培养模式、教学内容和方法需要进一步转变,学生的实践能力和创新精神亟待加强。

　　教育部一直十分重视高等教育质量工作。2007 年 1 月,教育部下发了《关于实施高等学校本科教学质量与教学改革工程的意见》,计划实施"高等学校本科教学质量与教学改革工程(简称'质量工程')",通过专业结构调整、课程教材建设、实践教学改革、教学团队建设等多项内容,进一步深化高等学校教学改革,提高人才培养的能力和水平,更好地满足经济社会发展对高素质人才的需要。在贯彻和落实教育部"质量工程"的过程中,各地高校发挥师资力量强、办学经验丰富、教学资源充裕等优势,对其特色专业及特色课程(群)加以规划、整理和总结,更新教学内容、改革课程体系,建设了一大批内容新、体系新、方法新、手段新的特色课程。在此基础上,经教育部相关教学指导委员会专家的指导和建议,清华大学出版社在多个领域精选各高校的特色课程,分别规划出版系列教材,以配合"质量工程"的实施,满足各高校教学质量和教学改革的需要。

　　本系列教材立足于计算机公共课程领域,以公共基础课为主、专业基础课为辅,横向满足高校多层次教学的需要。在规划过程中体现了如下一些基本原则和特点。

　　(1)面向多层次、多学科专业,强调计算机在各专业中的应用。教材内容坚持基本理论适度,反映各层次对基本理论和原理的需求,同时加强实践和应用环节。

　　(2)反映教学需要,促进教学发展。教材要适应多样化的教学需要,正确把握教学内容和课程体系的改革方向,在选择教材内容和编写体系时注意体现素质教育、创新能力与实践能力的培养,为学生知识、能力、素质协调发展创造条件。

　　(3)实施精品战略,突出重点,保证质量。规划教材把重点放在公共基础课和专业基础课的教材建设上;特别注意选择并安排一部分原来基础比较好的优秀教材或讲义修订再版,逐步形成精品教材;提倡并鼓励编写体现教学质量和教学改革成果的教材。

　　(4)主张一纲多本,合理配套。基础课和专业基础课教材配套,同一门课程有针对不同层次、面向不同专业的多本具有各自内容特点的教材。处理好教材统一性与多样化、基本教材与辅助教材、教学参考书,文字教材与软件教材的关系,实现教材系列资源配套。

　　(5)依靠专家,择优选用。在制定教材规划时要依靠各课程专家在调查研究本课程教材建设现状的基础上提出规划选题。在落实主编人选时,要引入竞争机制,通过申报、评审确定主题。书稿完成后要认真实行审稿程序,确保出书质量。

　　繁荣教材出版事业,提高教材质量的关键是教师。建立一支高水平教材编写梯队才能保证教材的编写质量和建设力度,希望有志于教材建设的教师能够加入到我们的编写队伍中来。

21 世纪普通高校计算机公共课程规划教材编委会

联系人:梁颖 liangying@tup. tsinghua. edu. cn

前　言

随着计算机在数据管理领域的普遍应用,人们对数据管理技术提出了更高的要求:希望面向企业或部门,以数据为中心进行大量数据的组织、存储、维护、统计和查询等工作,减少数据的冗余,提供更高的数据共享能力,同时要求程序和数据具有较高的独立性,当数据的逻辑结构改变时,不涉及数据的物理结构,也不影响应用程序,以降低应用程序研制与维护的费用。

在计算机技术迅猛发展,社会信息化进程加快的背景下,广大企事业管理人员、工程技术人员以及各行各业的相关人员都迫切希望掌握数据管理技术,以提高工作效率和工作质量;而对于面向 21 世纪的高层次人才,广大高校学生都需要学习并掌握数据库的基本知识和数据管理的基本技能,并开发出实用的数据库应用系统。本书就是为了满足这种要求而编写的,从内容的组织和编写结构上看,它既可以作为高等院校数据库应用课程的教材,又可供社会各类计算机应用人员阅读参考。

全书采用任务驱动的方法组织内容,即采用提出问题、分析问题、解决问题、总结理论的编写模式。结构上采用双项目并行机制,以项目一《工资管理信息系统》贯穿整个教材,将项目分解成若干个任务,通过解决具体任务学习对应的理论知识;以项目二《销售管理系统》作为实训项目,使教、学、做紧密结合。内容上全书分 9 章讲解:数据库应用系统基础,结合实例讲解应用系统开发步骤,完成实例系统分析与设计的全过程;Visual FoxPro 数据库与表、查询和视图,结合实例逐步介绍应用系统后台(数据库、数据表、查询、视图等)的设计和操作方法;表单设计、菜单设计、报表和标签设计,结合实例介绍应用系统前台(表单、报表、菜单等)的设计和操作方法,SQL 关系数据库标准语言、程序设计,结合实例介绍 SQL 语言的使用及 Visual FoxPro 程序设计的相关知识和编程方法;应用系统测试与发布介绍应用系统的最终实现。教材编写上贯彻理论够用、侧重实践的原则,力求做到结构合理、层次清晰、概念明确、突出应用。

本书由刘志凯主编。第 1、6、8 章和附录由刘志凯编写,第 2、3 章由郭鑫编写,第 4、9 章由陈井霞编写,第 5、7 章由白玲编写,董欣负责部分习题的编写。全书由刘志凯统稿、定稿,陈秀玲老师仔细审阅了全书,并提出了许多宝贵意见,在此表示感谢。

虽然本书在编写过程中特别注意了知识的实用性和针对性,但由于作者学识水平有限,书中不当或错误之处在所难免,敬请广大读者批评指正。

编　者

2011 年 9 月

目　录

模块一　应用系统开发步骤

模块二　应用系统后台设计

模块四　应用系统程序设计

第 7 章　关系数据库标准语言 SQL

模块五 应用系统连编和发布

模块一

应用系统开发步骤

第 1 章　数据库应用系统基础

第1章 数据库应用系统基础

本章导读

随着计算机应用的普及,从最初单纯的科学计算到复杂的事务处理,进一步到决策支持和人工智能,计算机所处理的数据量急剧增加,而数据及数据间的关系也越来越复杂。为了更充分、方便地利用这些信息资源,逐步形成了数据库技术。数据库技术的发展大致经历了人工管理阶段、文件系统阶段、数据库系统阶段。而数据库系统因其面向数据模型对象设计数据库,增强了数据共享,减少了数据冗余,数据和程序之间具有较高的独立性,通过数据库管理系统进行数据安全性和完整性的控制,提供方便的用户接口等优点而得到了越来越广泛的应用。

本书以"人事工资管理系统"的开发为主线,本章完成的具体任务是人事工资管理系统的数据库设计。

任务1 人事工资管理系统的数据库设计

数据库设计包括分析创建数据库所需的数据项和数据结构、设计数据库系统的 E-R 图,将 E-R 图转换为相应的关系模式。

1.1 任务1 人事工资管理系统的数据库设计

1.1.1 任务1介绍

人事工资管理系统要处理大量数据,围绕着数据所做的收集、组织、整理、加工、存储和传播等工作均称为数据处理,其主要工作是数据管理、数据加工和数据传播。数据管理是数据处理的基础工作,其主要任务是收集信息,将信息用数据表示并按类别组织保存。数据管理的目的是为各种使用和数据处理,快速、正确地提供必要的数据。为了解决多用户、多应用共享数据的需求,使数据能够为更多的应用服务,出现了数据库这样的数据管理技术。开发设计人事工资管理系统的核心工作就是建立一个高效的数据库,任务1就是要求通过对用户的调查和分析,建立方便、有效的用于人事工资管理的数据库,掌握数据库设计的基本步骤。

1.1.2 任务1分析

开发人事工资管理系统需要先设计数据库,而引入数据库技术的计算机系统称为数据库系统(Database System,DBS),它是综合了计算机硬件、软件、数据集合、数据库管理员和终端用户,向用户和应用程序提供数据服务的集成系统。

1. 数据库

数据库(Database,DB)是指存储在计算机内的、有组织并可共享的数据集合。

2. 数据库管理系统

数据库管理系统(Database Management System,DBMS)是为数据库提供数据定义、建立、维护、查询和统计等操作功能,并完成对数据完整性、安全性进行控制等功能的系统软件。

3. 数据库管理员

数据库管理员(Database Administrator,DBA)是对数据库进行规划、设计、协调、维护和管理的人员。

4. 数据库技术的研究发展

➢ 面向对象数据库系统;

➢ 分布式数据库;

➢ 数据仓库;

➢ 联机分析处理技术;

➢ 数据挖掘;

➢ 多媒体数据库;

➢ 实时数据库;

➢ 时态数据库;

➢ 主动数据库;

➢ 知识库系统;

➢ 空间数据库。

5. 数据库系统设计

数据库系统设计是指针对具体的实际应用,设计合理规范的数据库概念结构,进而设计出优化的数据库逻辑结构和物理结构,并在此基础上设计并实现具有完整性约束、并发控制和数据恢复等控制机制的、高性能的、运行安全稳定的数据库应用系统,使之能够有效地管理数据,满足各种用户的应用需求。

数据库设计的基本步骤如图 1-1 所示。

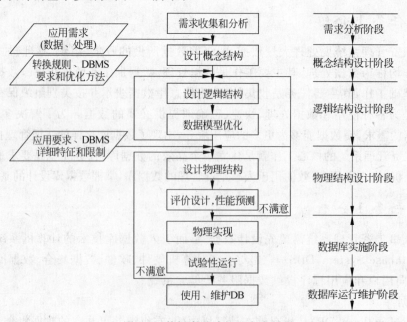

图 1-1　数据库设计的基本步骤

步骤 1：需求分析。

需求分析的任务是准确了解并分析用户对系统的需要和要求，弄清系统要达到的目标和实现的功能。

步骤 2：概念结构设计。

概念结构设计的任务是对用户需求进行综合、归纳和抽象，形成一个独立于具体计算机和数据库管理系统的概念模型。

步骤 3：逻辑结构设计。

逻辑结构设计的任务是将概念结构转换为某个数据库管理系统所支持的数据模型，并将其性能进行优化。

步骤 4：物理结构设计。

物理结构设计的任务是为逻辑数据模型选取一个最适合应用环境的物理结构，包括数据存储结构和存取方法。

步骤 5：数据库实施。

根据数据库的逻辑设计和物理设计的结果建立数据库、编制与调试应用程序、组织数据入库并进行系统试运行。

步骤 6：运行、维护。

测试正常后投入正式运行。在运行过程中，必须不断地对其结构性能进行评价、调整和修改。

1.1.3 任务 1 实施步骤

步骤 1：需求分析。

开发人员必须首先明确用户的具体要求，包括对软件系统最终能完成的功能及系统可靠性、处理时间、应用范围、简易程度等具体指标的要求，并将用户的要求以书面形式表达出来，因此明确用户的要求是分析阶段的基本任务。用户和软件设计人员双方都要有代表参加这一阶段的工作，经双方充分地酝酿和讨论后达成协议并产生系统说明书。

步骤 2：概念结构设计。

概念设计的主要目的是将需求说明书中有关数据的需求，综合为一个统一的概念模型。为此，可先根据单个应用的需求，画出能够反映每一应用需求的局部 E-R 图，然后把这些 E-R 图合并起来，消除冗余和可能存在的矛盾，得出系统的总体 E-R 模型。人事工资管理系统的总体 E-R 图如图 1-2 所示。

步骤 3：逻辑结构设计。

逻辑结构设计的目的是将 E-R 模型转换为某一种特定的 DBMS 能够接受的逻辑模式。首先选择一种数据模型，然后按照相应的转换规则，将 E-R 模型转换为具体的数据库逻辑结构。

根据用户的需求，本系统需要使用如下 5 张数据表。

1. 操作员表

操作员表(操作员代号,操作员姓名,口令,部门,电话)

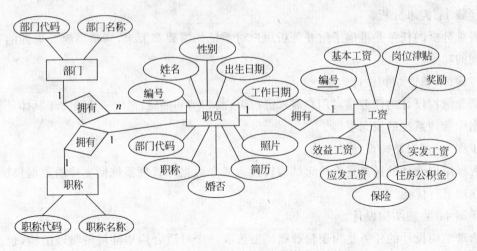

图 1-2 人事工资管理系统总体 E-R 图

2. 人事表

人事表(编号,姓名,性别,出生日期,工作日期,部门代码,职称,婚否,简历,照片)

3. 工资表

工资表(编号,基本工资,岗位津贴,奖励,效益工资,应发工资,保险,住房公积金,实发工资)

4. 部门代码表

部门代码表(部门代码,部门名称)

5. 职称表

职称表(职称代码,职称名称)

步骤 4:物理结构设计。

物理设计的目的在于确定数据库的存储结构。具体包括确定数据库文件的数据库组成、数据、表、数据表间的联系、数据字段类型与长度、主键、索引等。

本系统建立两个数据库,其中 dbsystem 用于存放系统登录用户信息,即 operator 表(结构如表 1-1 所示);dbrsgz 用来存放职员信息和工资信息,包括 rsb 表(结构如表 1-2 所示)、gzb 表(结构如表 1-3 所示)、bmdm 表(结构如表 1-4 所示)和 zcb 表(结构如表 1-5 所示)。

表 1-1 operator 表

字段名	数据类型	宽度	小数位数	是否允许空	索引
操作员代号	C	4			
操作员姓名	C	8			
口令	C	8			
部门	C	20			
电话	C	11			

表 1-2　rsb 表

字段名	数据类型	宽度	小数位数	是否允许空	索引
编号	C	4			主索引
姓名	C	8			
性别	C	2			
出生日期	D	8			
工作日期	D	8			
部门代码	C	3			普通索引
职称	C	10			普通索引
婚否	L	1			
简历	M	4			
照片	C	4			

表 1-3　gzb 表

字段名	数据类型	宽度	小数位数	是否允许空	索引
编号	C	4			主索引
基本工资	N	8	2		
岗位津贴	N	7	2	√	
奖励	N	7	2	√	
效益工资	N	7	2	√	
应发工资	N	8	2		
保险	N	7	2	√	
住房公积金	N	7	2	√	
实发工资	N	8	2		

表 1-4　bmdm 表

字段名	数据类型	宽度	小数位数	是否允许空	索引
部门代码	C	3			主索引
部门名称	C	20			

表 1-5　zcb 表

字段名	数据类型	宽度	小数位数	是否允许空	索引
职称代码	C	2			
职称名称	C	10			主索引

　　步骤 5：建立数据库、测试(数据库实施)。

　　在上述设计的基础上,收集数据并建立数据库,运行一些典型的应用任务来验证数据库设计的正确性和合理性。人事工资管理系统数据库 dbsystem 结构如图 1-3 所示,数据库 dbrsgz 结构如图 1-4 所示。

　　步骤 6：运行、维护。

　　在人事工资管理系统正式投入运行的过程中,必须不断地对其数据库结构性能进行评价、调整与修改,以适应用户的实际应用和需求。

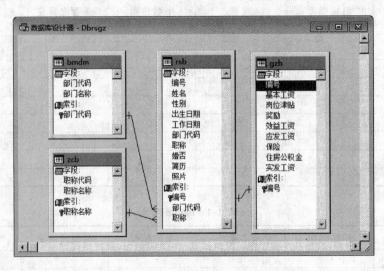

图 1-3　人事工资管理系统数据库 dbsystem 结构

图 1-4　人事工资管理系统数据库 dbrsgz 结构

1.1.4　任务 1 归纳总结

完成任务 1 的数据库设计首先需要与用户进行交流、沟通,明确用户的数据需求,最终产生系统说明书,并以系统说明书作为数据库应用系统开发设计以及系统验收的标准;明确了用户需求后,需要对数据进行分析整理,形成概念模型;将概念模型转换为应用的数据库管理系统所支持的数据模型并实现;根据逻辑设计和物理设计的结果建立数据库及应用程序,进行系统测试;测试通过后交付用户使用,在系统运行过程中进行评价,并根据应用环境的变化调整、改善系统。

1.1.5　知识点拓展

1. E-R 模型

概念模型是面向现实世界的,它的出发点是有效和自然地模拟现实世界,给出数据的概念化结构。长期以来被广泛使用的概念模型是 E-R 模型,即实体-联系模型(Entity-Relationship Model)。

(1) 实体:现实世界中的事物可以抽象成为实体。实体是概念世界中的基本单位,是客观存在的且又能相互区别的事物。凡是有共性的实体可以组成一个集合,称为实体集。

(2) 属性:事物均有一些特性,这些特性用属性来表示。属性刻画了实体的特征。一个实体往往可以有若干个属性。每个属性可以有值,一个属性的取值范围称为该属性的值域。

(3) 联系:联系也称关系,是指信息世界中反映实体内部或实体之间的联系。实体内部的联系通常是指组成实体的各属性之间的联系;实体之间的联系通常是指不同实体集之间的联系。

2. E-R 图

1) 表示方法

E-R 图也称实体-联系图(Entity-Relationship Diagram),它提供了表示实体类型、属性和联系的方法,用来描述现实世界的概念模型。构成 E-R 图的基本要素是实体、属性和联系,其表示方法为:

(1) 实体(Entity):用矩形表示,矩形框内写明实体名;如果是弱实体的话,在矩形外面再套一个实线矩形。

(2) 属性(Attribute):用椭圆形表示,并用无向边将其与相应的实体连接起来;主属性名称下加下划线;如果是多值属性的话,在椭圆形外面再套一个实线椭圆;如果是派生属性则用虚线椭圆形表示。

(3) 联系:用菱形表示,菱形框内写明联系名,并用无向边分别与有关实体连接起来,同时在无向边旁标上联系的类型($1:1,1:n$ 或 $m:n$);如果是弱实体的联系则在菱形外面再套一个菱形。

- 1 对 1 关系在两个实体连线方向写 1。
- 1 对多关系在 1 的一方写 1,多的一方写 n。
- 多对多关系则是在两个实体连线方向分别写 m、n。

2) 步骤

作 E-R 图的步骤如下。

(1) 确定所有的实体集合。

(2) 选择实体集应包含的属性。

(3) 确定实体集之间的联系。

(4) 确定实体集的关键字,用下划线在属性上表明关键字的属性组合。

(5) 确定联系的类型,在用线将表示联系的菱形框连接到实体集时,在线旁注明是 1 或 n(多)来表示联系的类型。

例如:用于表示学生和课程之间的多对多联系的 E-R 图如图 1-5 所示。

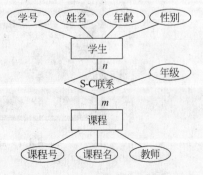

图 1-5 学生与课程 E-R 图

1.2　实训任务　销售管理系统的数据库设计

实训目的:

(1) 掌握小型应用管理系统数据库设计流程。

(2) 熟悉 E-R 图的做法。

(3) 掌握将 E-R 模型转换为关系模型的方法。

实训内容:

(1) 对销售管理系统进行分析,确定需要的数据。

(2) 建立销售管理系统中实体间的 E-R 图。

(3) 将实训内容(2)所建立的 E-R 模型转换为关系模型。

(4) 将实训内容(3)所确定的关系模型转换为物理结构描述,可参考图 1-6 和图 1-7。

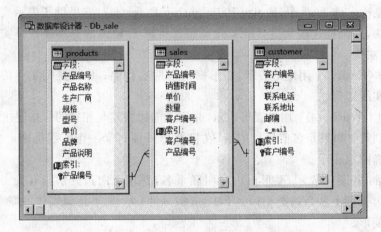

图 1-6　销售管理系统数据库 db_sale 结构

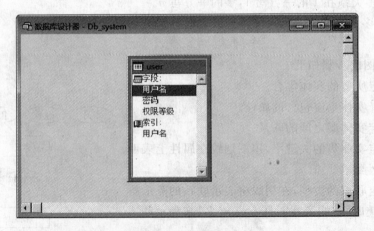

图 1-7　销售管理系统数据库 db_system 结构

习　题　1

一、选择题

1. 一个教师可讲授多门课程，一门课程可由多个教师讲授，则实体教师和课程间的联系是（　　）。

    A）1：1 联系　　　　B）1：m 联系　　　　C）m：1 联系　　　　D）m：n 联系

2. 一个工作人员可以使用多台计算机，而一台计算机可被多个人使用，则实体工作人员与实体计算机之间的联系是（　　）。

    A）一对一　　　　B）一对多　　　　C）多对多　　　　D）多对一

3. 数据库设计中，用 E-R 图来描述信息结构但不涉及信息在计算机中的表示，它属于数据库设计的（　　）。

    A）需求分析阶段　　　　　　　　　B）逻辑设计阶段

    C）概念设计阶段　　　　　　　　　D）物理设计阶段

4. 在 E-R 图中，用来表示实体联系的图形是（　　）。

    A）椭圆形　　　　B）矩形　　　　C）菱形　　　　D）三角形

5. 将 E-R 图转换为关系模式时，实体和联系都可以表示为（　　）。

    A）属性　　　　B）键　　　　C）关系　　　　D）域

6. 对于现实世界中事物的特征，在实体-联系模型中使用（　　）。

    A）属性描述　　　　B）关键字描述　　　　C）二维表格描述　　　　D）实体描述

7. 下列关于数据库设计的叙述中，正确的是（　　）。

    A）在需求分析阶段建立数据字典

    B）在概念设计阶段建立数据字典

    C）在逻辑设计阶段建立数据字典

    D）在物理设计阶段建立数据字典

二、填空题

1. 数据库设计的 4 个阶段是：需求分析、概念设计、逻辑设计和_____。

2. 设有学生和班级两个实体，每个学生只能属于一个班级，一个班级可以有多名学生，则学生和班级实体之间的联系类型是_____。

3. 在数据库技术中，实体集之间的联系可以是一对一或一对多或多对多的，那么"学生"和"可选课程"的联系为_____。

4. 在 E-R 图中，图形包括矩形框、菱形框及椭圆形框。其中表示实体联系的是_____框。

模块二

应用系统后台设计

第2章 Visual FoxPro 数据库和表

本章导读

在关系数据库中,一个关系的逻辑结构就是一张二维表。表是组织数据、建立关系数据库的基本元素。在 Visual FoxPro 中,二维表是以文件的形式(扩展名为. dbf)存放在计算机中的。根据表是否属于数据库,可以把表分为数据库表和自由表两类,二者的绝大多数操作基本相同,并且可以相互转换。本章主要介绍如何使用菜单或命令方式建立二维表,如何建立数据库表间的联系,如何设置数据库表间的参照完整性及有效性规则。本章的具体任务如下。

任务 2 表的建立

在 Visual FoxPro 中建立一个如图 2-1 所示的人事表(rsb. dbf)、如图 2-2 所示的工资表(gzb. dbf)、如图 2-3 所示的部门代码表(bmdm. dbf)、如图 2-4 所示的职称表(zcb. dbf)和如图 2-5 所示的操作员表(operator. dbf)的表结构,并输入相应的数据。

编号	姓名	性别	出生日期	工作日期	部门代码	职称	婚否	简历	照片
0a01	张浩楠	男	09/17/61	09/11/80	01A	副教授	T	Memo	Gen
0a02	赵明	男	07/01/69	05/12/88	03A	讲师	T	Memo	Gen
0a03	刘莉莉	女	02/24/75	08/24/96	01A	讲师	F	Memo	gen
0b01	周海英	女	03/12/79	03/10/79	02B	助教	F	memo	gen
0b02	程峰	男	05/20/58	03/10/79	02B	副教授	T	Memo	Gen
0c01	黄飞	男	01/28/55	02/15/68	01C	教授	T	Memo	gen
0b03	吴春雪	女	10/16/68	09/01/85	01B	讲师	T	Memo	gen
0a04	陈海龙	男	12/06/80	09/11/01	02A	助教	F	Memo	gen
0a05	李宁宇	男	09/17/57	02/28/75	04A	教授	T	Memo	gen
0b04	陈慧	女	04/16/73	09/15/94	01B	讲师	T	Memo	gen

图 2-1 人事表(rsb. dbf)

编号	基本工资	岗位津贴	奖励	应发工资	保险	实发工资	效益工资	住房公积金
0a01	1450. 00	30. 00	300. 00	2070. 00	200. 00		290. 00	414. 00
0a02	1060. 00	25. 00	250. 00	1547. 00	135. 00		212. 00	309. 40
0a03	980. 00	25. 00	250. 00	1451. 00	130. 00		196. 00	290. 20
0b01	880. 00	20. 00	200. 00	1276. 00	120. 00		176. 00	255. 20
0b02	1550. 00	30. 00	300. 00	2190. 00	200. 00		310. 00	438. 00
0c01	1900. 00	40. 00	350. 00	2670. 00	230. 00		380. 00	534. 00
0b03	1000. 00	25. 00	250. 00	1475. 00	129. 00		200. 00	295. 00
0a04	820. 00	20. 00	200. 00	1204. 00	120. 00		164. 00	240. 80
0a05	1780. 00	40. 00	350. 00	2526. 00	220. 00		356. 00	505. 20
0b04	1020. 00	25. 00	250. 00	1499. 00	135. 00		204. 00	299. 80

图 2-2 工资表(gzb. dbf)

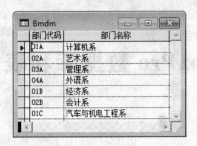

图 2-3　部门代码表（bmdm.dbf）

图 2-4　职称表（zcb.dbf）

图 2-5　操作员表（operator.dbf）

任务 3　表记录的增加、删除和修改

任务 4　数据库 dbrsgz 的建立及参照完整性和有效性规则的设置

2.1　任务 2　表的建立

2.1.1　任务 2 介绍

人事工资管理系统中的数据源包括：人事表（rsb.dbf）、工资表（gzb.dbf）、部门代码表（bmdm.dbf）、职称表（zcb.dbf）和操作员表（operator.dbf），任务 2 是使用表设计器建立上述各表。

具体要求：参照表 1-1～表 1-5 设置各表中的字段及字段类型、宽度等，参照图 2-1～图 2-5 输入相应的记录。

2.1.2　任务 2 分析

建立一张二维表的一般过程分为建立表文件并为表文件命名、设置表结构和输入表记录等步骤，其中表文件的主文件名需要人为指定，扩展名系统默认为.dbf。

1. 表结构

在 Visual FoxPro 中表结构决定了表中运行输入记录的信息，包括字段名、类型、宽度、小数位数及是否允许为空值等。

2. 数据类型

字段的类型表示该字段中存放数据的类型。在设计表的结构时，可根据实际需要确定表中各字段的数据类型。

常用的数据类型包括如下几种。

➢ 字符型：不能进行算术运算的文字数据类型，用字母 C 表示，长度范围是 0～254 个字符。

➤ **数值型**：表示数量并可以进行算术运算的数据类型，用字母 N 表示。数值型数据由阿拉伯数字、小数点、正负号和科学记数法中的字母 E 组成。

➤ **货币型**：为存储货币值而使用的一种数据类型，它默认保留 4 位小数，用字母 Y 表示。

➤ **日期型**：表示日期的数据，用字母 D 表示。严格的日期格式是{^yyyy-mm-dd}，其中 yyyy 表示年度，mm 表示月份，dd 表示日期，长度固定为 8 位。

➤ **日期时间型**：表示日期时间的数据，用字母 T 表示。严格的日期时间格式是{^yyyy-mm-dd hh[:mm[:ss]] [a|p]}，其中 hh 表示小时，mm 表示分钟，ss 表示秒数，长度固定为 8 位。

➤ **逻辑型**：描述客观事物真假的数据类型，用字母 L 表示。逻辑型数据只有真(. T. 或. Y.)和假(. F. 或. N.)两种，长度固定为 1 位。

➤ **备注型**：用于存放较多字符的数据类型，用字母 M 表示，字段长度固定为 4 位。

➤ **通用型**：存储 OLE(对象链接与嵌入)对象的数据类型，用字母 G 表示。通用型数据中的 OLE 对象可以是电子表格、文档、图形、声音等，字段长度固定为 4 位。

3. 常量与变量

1) 常量

常量是一个以直观的数据形态和意义直接出现、确定不变的数据，Visual FoxPro 按常量取值的数据类型，分为字符型、数值型、货币型、日期型、日期时间型和逻辑型 6 种。

2) 变量

变量是在操作过程中其值可以变化的数据。确定一个变量需要确定变量名、变量值、数据类型(最后一次给变量赋的值的类型)这 3 个要素。

4. 建立人事表(rsb. dbf)的步骤

(1) 新建表文件，并为表文件命名。

方法 1：

单击【文件】菜单下的【新建】命令，在弹出的【新建】对话框中选择【表】单选按钮，然后单击【新建文件】按钮。

方法 2：

在命令窗口中输入如下命令并执行：

```
CREATE  [<表名>]
```

(2) 在表设计器中设置表结构。

打开表设计器(前提是表处于打开状态)的方法如下。

方法 1：

单击【显示】菜单下的【表设计器】命令。

方法 2：

在命令窗口中输入如下命令并执行：

```
MODIFY  STRUCTURE
```

在表设计器中按表 2-1 所示设计表结构。

表 2-1　人事表(rsb. dbf)结构

字　段　名	字　段　类　型	字　段　宽　度	小　数　位　数
编号	字符型	4	
姓名	字符型	8	
性别	字符型	2	
出生日期	日期型	8	
工作日期	日期型	8	
部门代码	字符型	3	
职称	字符型	10	
婚否	逻辑型	1	
简历	备注型	4	
照片	通用型	4	

(3) 向表中输入记录。

(4) 保存表文件。

5. 表的基本操作

1) 打开表

方法 1：

单击【文件】菜单下的【打开】命令，选择"文件类型"和"文件名"打开一个表。

方法 2：

在命令窗口中输入如下命令并执行：

USE　<表名>

2) 关闭表

方法 1：

单击【窗口】菜单下的【数据工作期】命令，在弹出的【数据工作期】对话框中选择要关闭的表文件，单击【关闭】按钮。

方法 2：

在命令窗口中输入如下命令并执行：

USE

或

CLOSE　ALL

3) 浏览表

方法 1：

单击【显示】菜单下的【浏览】命令(表处于打开状态时)。

方法 2：

在命令窗口中输入如下命令并执行：

BROWSE　[LAST]

2.1.3 任务 2 实施步骤

步骤 1：单击【文件】菜单下的【新建】命令，在弹出的【新建】对话框中选择【表】单选按钮，然后单击【新建文件】按钮，弹出【创建】对话框，如图 2-6 所示。

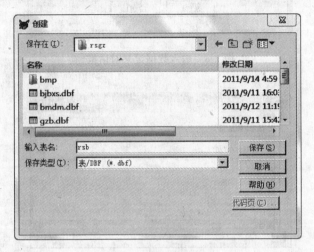

图 2-6 【创建】对话框

步骤 2：在【创建】对话框中输入表名 rsb，单击【保存】按钮，弹出【表设计器】对话框，设置表结构，如图 2-7 所示。

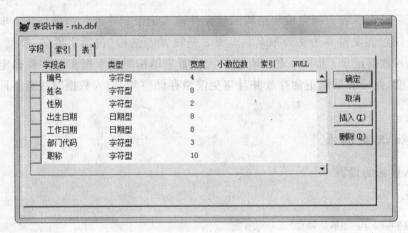

图 2-7 表设计器

步骤 3：在【表设计器】对话框中设置字段完成后单击【确定】按钮，弹出对话框显示"现在输入数据记录吗?"，如图 2-8 所示。

步骤 4：在【输入数据记录】对话框中直接单击【是】按钮，弹出编辑界面窗口，输入数据记录，如图 2-9 所示。

步骤 5：全部数据输入完后，按 Ctrl＋W 组合键，退出编辑状态，保存文件，人事表设计完成。

重复以上步骤，完成任务 2 的设计。

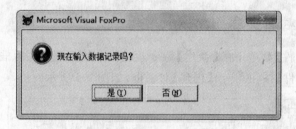

图 2-8　输入数据记录对话框

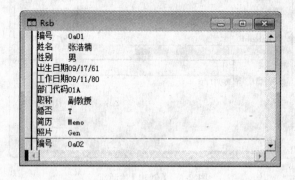

图 2-9　输入数据记录界面

2.1.4　任务 2 归纳总结

　　任务 2 是以人事表为例完成表结构的建立并输入记录。建表的步骤如下:步骤 1 是用菜单或命令新建表文件并为文件取名;步骤 2 是设置表结构(包括字段名、类型、宽度等);步骤 3 是输入数据记录;步骤 4 是保存文件。设置表结构时要根据实际需要确定字段的数据类型和宽度,保证数据能正常存放并且避免浪费存储空间,输入数据时注意不同类型数据的输入方法。

2.1.5　知识点拓展

1. 默认目录的设置

1) 命令方式

```
SET DEFAULT TO <默认路径>
```

2) 菜单方式

选择【工具】菜单下的【选项】命令,在【文件位置】选项卡下修改"默认目录"为指定的路径,如图 2-10 所示。

2. 变量

1) 变量的命名

➢ 以字母、数字、汉字、下划线命名。

➢ 第一个字符必须是字母、汉字或下划线。

➢ 不能用 Visual FoxPro 中的系统保留字作变量名。

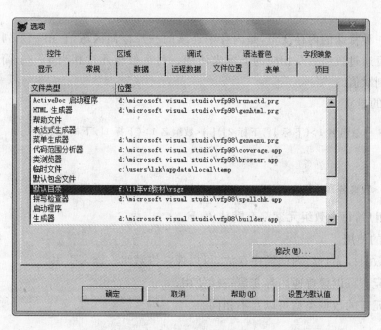

图 2-10　设置默认目录

2) 变量的赋值

格式 1：

STORE　＜表达式＞　TO　＜变量名表＞

格式 2：

＜变量名＞ = ＜表达式＞

3) 变量的显示

格式 1：

?[＜表达式列表＞]

格式 2：

??＜表达式列表＞

格式 3：

LIST　MEMORY　[LIKE　＜通配符＞][TO　PRINTER|TO　FILE　＜文件名＞]

格式 4：

DISPLAY　MEMORY　[LIKE　＜通配符＞][TO　PRINTER|TO　FILE ＜文件名＞]

4) 变量的保存

SAVE　TO　＜变量文件名＞　[LIKE　＜通配符＞ |EXCEPT　＜通配符＞]

5) 变量的恢复

RESTORE　FROM　＜变量文件名＞　[ADDITIVE]

3. 数组

数组是一种特殊的内存变量,是内存中连续的一片存储区域,它由一系列元素组成,每个数组元素可通过数组名及相应的下标来访问。每个数组元素相当于一个简单变量,可以给各元素分别赋值。

1)数组的建立

DIMENSION <数组名 1>(下标 1[,下标 2])[,<数组名 1>(下标 1[,下标 2])[,…]]

或

DECLARE <数组名 1>(下标 1[,下标 2])[, <数组名 2>(下标 1[,下标 2])[,…]]

建立数组后,每个数组元素都有默认值.F.。

2)数组的使用

➤ 二维数组以先行后列的顺序存放,可以像一维数组一样去引用。

➤ 数组元素可以像普通内存变量一样使用。

➤ 数组元素的数据类型可以互不相同。

2.2 任务 3 表记录的增加、删除和修改

2.2.1 任务 3 介绍

二维表建立完成后,通常需要对表中的数据进行增加、删除、修改及查询指定记录等操作,任务 3 分别对工资表(gzb. dbf)和人事表(rsb. dbf)进行的操作要求如下。

(1)计算工资表(gzb. dbf)中实发工资字段的值。

(2)向人事表(rsb. dbf)追加一条新记录,数据如表 2-2 所示。

表 2-2　新记录的数据

编号	姓名	性别	出生日期	工作日期	部门代码	职称	婚否	简历	照片
0b05	董宇	男	09/12/60	08/09/79	02B	教授	.T.	memo	gen

(3)删除人事表(rsb. dbf)中姓名为董宇的记录。

(4)将人事表(rsb. dbf)的记录指针定位在记录号为 3 的记录上。

(5)将人事表(rsb. dbf)的记录指针定位在姓名为吴晓君的记录上。

(6)将人事表(rsb. dbf)的记录指针分别指向表头和表尾并分别显示其记录号。

2.2.2 任务 3 分析

本任务是对工资表(gzb. dbf)和人事表(rsb. dbf)的操作,完成本任务时对应的工资表(gzb. dbf)或人事表(rsb. dbf)应处于"浏览"状态。

1. 修改工资表字段

工资表(gzb. dbf)的实发工资＝应发工资－保险＋效益工资－住房公积金,或者实发工

资＝基本工资＋岗位津贴＋奖励－保险＋效益工资－住房公积金。按照同一规则批量修改字段的值可使用"替换字段"命令。

方法1：

选择【表】菜单下的【替换字段】命令。

方法2：

命令方式：

```
REPLACE  <字段名1>  WITH  <表达式1>；
[,<字段名2> WITH <表达式2>,…]   [范围]  [FOR <条件>|WHILE <条件>]
```

2. 增加新记录

方法1：

选择【显示】菜单下的【追加方式】命令连续追加记录，或者选择【表】菜单下的【追加新记录】命令追加单条记录。

方法2：

命令方式：

用 APPEND 命令在表尾追加记录，或用 INSERT 命令在当前记录之后追加记录。

3. 删除记录

1）逻辑删除

逻辑删除是将表中的记录加上一个删除标记 * ，记录在表中还存在。

方法1：

选择【表】菜单下的【删除记录】命令。

方法2：

命令方式：

```
DELETE  [范围][FOR  <条件>|WHILE  <条件>]
```

2）物理删除

物理删除是将表中加上删除标记的记录从表中彻底删除掉。

方法1：

选择【表】菜单下的【彻底删除】命令。

方法2：

命令方式：

```
PACK
```

3）全部删除

全部删除是将表中所有记录（无论是否被逻辑删除）从表中彻底删除掉，即清空表，只保留表结构。

命令方式：

```
ZAP
```

4．记录指针定位

1）绝对定位

按照表的物理顺序即记录号定位记录指针。

方法1：

选择【表】菜单下的【转到记录】→【记录号】命令。

方法2：

命令方式：

[GO|GOTO] *n*　(*n* 为数值型数据)

2）相对定位

按照当前表的逻辑顺序即显示顺序定位记录指针。

方法1：

选择【表】菜单下的【转到记录】→【第一个】|【最后一个】|【下一个】|【上一个】命令。

方法2：

命令方式：

GO TOP | GO BOTTOM | SKIP +*n*| SKIP -*n*

3）条件定位

按照指定的条件将记录指针定位在符合条件的第一条记录上。

方法1：

选择【表】菜单下的【转到记录】→【定位】命令。

方法2：

命令方式：

LOCATE FOR <条件> [范围]

继续定位在下一条符合条件的记录命令：CONTINUE。

5．测试函数

测试记录号函数：RECNO( )。

测试表头函数：BOF( )，记录指针指向表头时函数的返回值为.T.。

测试表尾函数：EOF( )，记录指针指向表尾时函数的返回值为.T.。

2.2.3　任务3实施步骤

步骤1：单击【文件】菜单下的【打开】命令，在弹出的【打开】对话框中选择工资表 gzb. dbf，选中【独占】复选框，然后单击【确定】按钮，打开工资表，如图 2-11 所示。

步骤2：单击【显示】菜单下的【浏览】命令，打开工资表的浏览界面，如图 2-12 所示，实发工资字段未填充数据。

步骤3：在命令窗口中输入如下命令并执行：

```
REPLACE  ALL  实发工资；
    WITH  基本工资＋岗位津贴＋奖励＋效益工资－保险－住房公积金
```

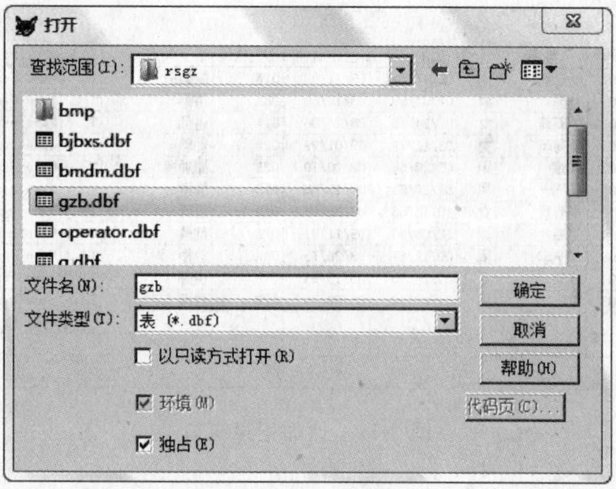

图 2-11　打开表对话框

图 2-12　表中实发工资字段情况

命令执行完毕后,工资表的实发工资发生改变,如图 2-13 所示。

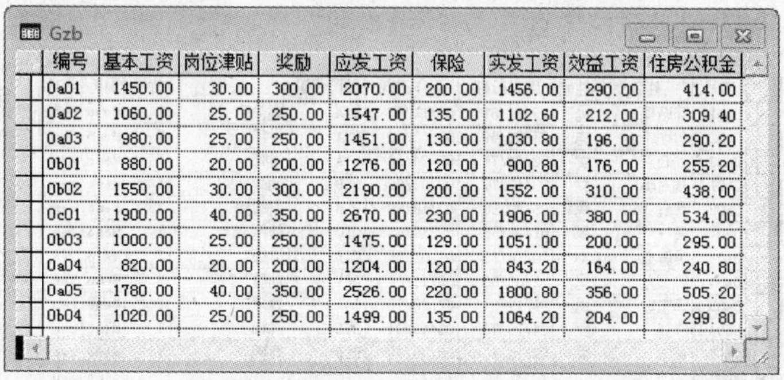

图 2-13　修改后实发工资字段情况

注意：如果是修改表结构,需要选择【显示】菜单下的【表设计器】命令,或者在命令窗口中执行 MODIFY　STRUCTURE 命令,在打开的【表设计器】中修改。

步骤 4：用同样的方法打开人事表 rsb.dbf,选择【显示】菜单下的【浏览】命令,打开 rsb.dbf 表的浏览界面,再单击【显示】菜单下的【追加方式】命令,进行新记录的增加,如图 2-14 所示。

Visual FoxPro 数据库和表

编号	姓名	性别	出生日期	工作日期	部门代码	职称	婚否	简历	照片
0a01	张浩楠	男	09/17/61	09/11/80	01A	副教授	T	Memo	Gen
0a02	赵明	男	07/01/69	05/12/88	03A	讲师	T	Memo	gen
0a03	刘莉莉	女	02/24/75	08/24/96	01A	讲师	T	Memo	gen
0b01	周海英	女	03/12/79	09/01/99	02B	助教	F	memo	gen
0b02	程峰	男	05/20/58	03/10/79	02B	副教授	T	Memo	gen
0c01	黄飞	男	01/28/55	02/15/68	01C	教授	T	Memo	gen
0b03	吴春雪	女	10/16/68	09/01/85	01B	讲师	T	Memo	gen
0a04	陈海龙	男	12/06/80	09/11/01	02A	助教	F	Memo	gen
0a05	李宁宇	男	09/17/57	04A		教授	T	Memo	gen
0b04	陈慧	女	04/16/73	09/15/94	01B	讲师	T	Memo	gen
0b05	董宇	男	09/12/60	08/09/79	02B	教授	T	memo	gen
			/ /	/ /				memo	gen

图 2-14　追加记录窗口

步骤 5：选择【表】菜单下的【删除记录】命令，在弹出的【删除】对话框中，作用范围选择 All，For 条件文本框中输入：姓名＝"董宇"，如图 2-15 所示。单击【删除】按钮，则人事表中满足条件的记录被逻辑删除，对应的记录将加上删除标记，如图 2-16 所示。

注意：在命令窗口中执行如下命令也可实现逻辑删除，命令为：

DELETE　ALL　FOR　姓名＝"董宇"

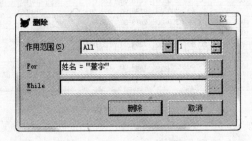

图 2-15　逻辑删除设置对话框

编号	姓名	性别	出生日期	工作日期	部门代码	职称	婚否	简历	照片
0a01	张浩楠	男	09/17/61	09/11/80	01A	副教授	T	Memo	Gen
0a02	赵明	男	07/01/69	05/12/88	03A	讲师	T	Memo	Gen
0a03	刘莉莉	女	02/24/75	08/24/96	01A	讲师	T	Memo	gen
0b01	周海英	女	03/12/79	09/01/99	02B	助教	F	Memo	gen
0b02	程峰	男	05/20/58	03/10/79	02B	副教授	T	Memo	gen
0c01	黄飞	男	01/28/55	02/15/68	01C	教授	T	Memo	gen
0b03	吴春雪	女	10/16/68	09/01/85	01B	讲师	T	Memo	gen
0a04	陈海龙	男	12/06/80	09/11/01	02A	助教	F	Memo	gen
0a05	李宁宇	男	09/17/57		04A	教授	T	Memo	gen
0b04	陈慧	女	04/16/73	09/15/94	01B	讲师	T	Memo	gen
0b05	董宇	男	09/12/60	08/09/79	02B	教授	T	memo	gen
			/ /	/ /				memo	gen

图 2-16　带删除标记的记录

步骤 6：单击【表】菜单下的【彻底删除】命令，在弹出的对话框中选择【是】按钮，被逻辑删除的记录将彻底删除。

注意：在命令窗口中执行如下命令也可实现物理删除，命令为：

PACK

步骤7：单击【表】菜单下的【转到记录】命令，在级联菜单中选择【记录号】命令，输入或选择 3，如图 2-17 所示。

注意：在命令窗口中执行如下命令也可实现定位，命令为：

GOTO 3

步骤8：单击【表】菜单下的【转到记录】命令，在级联菜单中选择【定位】命令，作用范围选择 All，For 条件文本框中输入：姓名＝"吴春雪"，如图 2-18 所示。

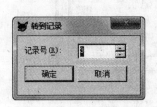

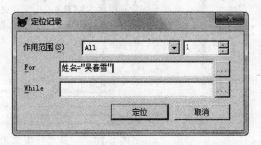

图 2-17　记录号定位对话框　　　　　　图 2-18　条件定位对话框

注意：

(1) 在命令窗口中执行如下命令也可实现条件定位，命令为：

LOCATE FOR 姓名 = "吴春雪"

(2) 可以用 DISPLAY 命令在 Visual FoxPro 的输出窗口显示当前记录。

(3) 可以用 CONTINUE 命令将记录指针定位在下一条符合条件的记录上。

步骤9：在命令窗口中输入如图 2-19 所示的命令，函数 BOF() 的返回值为.T.，说明记录指针指向表头，函数 RECNO() 的返回值为 1，说明表头的记录号为 1（即表头的记录号和当前逻辑顺序的表的第一条记录的记录号保持一致）。

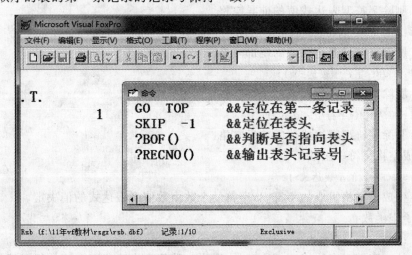

图 2-19　记录指针指向表头时的测试界面

Visual FoxPro 数据库和表

步骤 10:在命令窗口中输入如图 2-20 所示的命令,函数 EOF()的返回值为.T.,说明记录指针指向表尾,函数 RECNO()的返回值为 11,说明表尾的记录号为 11(即表尾的记录号等于记录的总数加 1)。

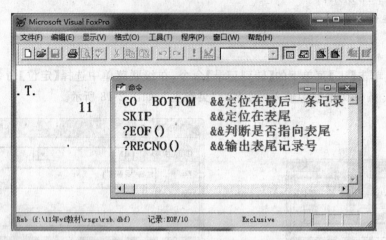

图 2-20　记录指针指向表尾时的测试界面

2.2.4　任务 3 归纳总结

任务 3 是对表中的记录做一些基本的增、删、改、查等操作,表记录的操作通常用命令和菜单均能够实现,但是操作之前需要先以"独占"方式打开表文件,需要使用【表】菜单的还需要打开表的浏览窗口。

2.2.5　知识点拓展

1. 函数

1) 删除字符串首尾空格函数

格式 1:LTRIM(<字符型表达式>)

功能:删除字符型表达式值的前导空格。

格式 2:RTRIM(<字符型表达式>)

功能:删除字符型表达式值的尾部空格。

格式 3:TRIM(<字符型表达式>)

功能:删除字符型表达式值的尾部空格。

格式 4:ALLTRIM(<字符型表达式>)

功能:删除字符型表达式值的前后空格。

2) 生成空格字符串函数

格式:SPACE(<数值型表达式>)

功能:生成由空格组成的字符串,字符的个数由数值型表达式的值决定。

3) 取子串函数

格式 1:LEFT(<字符型表达式>,<数值型表达式>)

功能:从<字符型表达式>左边开始,取出<数值型表达式>个字符组成新的字符串。

格式 2:RIGHT(<字符型表达式>,<数值型表达式>)

功能：从<字符型表达式>右边开始，取出<数值型表达式>个字符组成新的字符串。

格式 3：SUBSTR(<字符型表达式>,<数值型表达式 1>[,<数值型表达式 2>])

功能：从<字符型表达式>的<数值型表达式 1>位置开始，取出<数值型表达式 2>个字符组成新的字符串。如果<数值型表达式 2>省略，则取到最后一个字符。

4）位置测试函数

格式 1：AT(<字符型表达式 1>,<字符型表达式 2>)

格式 2：ATC(<字符型表达式 1>,<字符型表达式 2>)

功能：返回<字符型表达式 1>在<字符型表达式 2>中的开始位置。若不存在，则函数值为 0。ATC 函数在子串比较时不区分字母大小写。

5）求字符串长度函数

格式：LEN(<字符型表达式>)

功能：求字符串的长度，即<字符型表达式>所包含的字符个数。

6）宏代换函数

格式：&<字符型内存变量>[.字符表达式]

功能：将字符型内存变量的值置换出来，若<字符型内存变量>与后面的字符无空格分界，则 & 函数后的"."必须有。

7）系统日期和时间函数

格式 1：DATE()

功能：返回当前系统日期。

格式 2：TIME()

功能：返回当前系统时间。

格式 3：DATETIME()

功能：返回当前系统日期时间。

8）字符串转换成日期或日期时间函数

格式 1：CTOD(<字符型表达式>)

格式 2：CTOT(<字符型表达式>)

功能：CTOD 函数将指定的<字符型表达式>转换成日期型数据，CTOT 函数将指定的<字符型表达式>转换成日期时间型数据。

9）日期或日期时间转换成字符串函数

格式 1：DTOC(<日期表达式>|<日期时间表达式>)

格式 2：TTOC(<日期时间表达式>)

功能：DTOC 函数将<日期表达式>或<日期时间表达式>的日期部分转换为字符型，TTOC 函数将<日期时间表达式>转换为字符型。

10）数值转换成字符串函数

格式：STR(<数值型表达式 1>[,<数值型表达式 2>[,<数值型表达式 3>]])

功能：将<数值型表达式 1>的值转换成字符串，转换后字符串的长度由<数值型表达式 2>决定，保留的小数位数由<数值表达式 3>决定。

11）字符串转换成数值函数

格式：VAL(<字符型表达式>)

功能：将由数字、正负号、小数点组成的字符串转换为数值。

12）记录个数测试函数

格式：RECCOUNT([<工作区号|别名>])

功能：返回当前工作区或指定工作区中打开的表的记录的个数。

13）测试是否查找成功函数

格式：FOUND([<工作区号|别名>])

功能：在当前工作区或指定工作区中，检测是否找到所需的数据。

14）条件函数 IIF

格式：IIF(<逻辑型表达式>,<表达式 1>,<表达式 2>)

功能：若逻辑型表达式的值为.T.，函数值为<表达式 1>的值，否则函数值为<表达式 2>的值。

2. 表达式

1）算术表达式

算术运算符包括：乘方(＊＊或^)、乘(＊)、除(/)、取模(％)、加(＋)、减(－)。

注意：算术运算符有运算的优先次序，可以用括号改变运算顺序，无论嵌套几层一律用圆括号，成对出现。

2）字符表达式

字符连接运算符包括：标准连接(＋)、压缩连接(－)、字符串包含(＄)。

注意：

(1) 标准连接是直接将两个字符串连接在一起生成一个新的字符串。

(2) 压缩连接是将第一个字符串尾部空格移到第二个字符串尾部再进行标准连接。

(3) 无论是标准连接还是压缩连接，连接结果字符串的总长度一致，都是参与连接的两个字符串的长度之和。

(4) 字符串包含运算是判断第一个字符串的整体是否是第二个字符串的一部分，如果是返回逻辑值.T.，否则返回逻辑值.F.。

3）日期时间表达式

日期时间运算符包括＋、－。

注意：

(1) 允许日期型(或日期时间型)数据相减，表示二者相差的天数(或秒数)，结果是数值型数据。

(2) 允许日期型(或日期时间型)数据加、减数值型数据，表示 n 天(或 n 秒)后、前的日期(或日期时间)，结果是日期型(或日期时间型)数据。

4）关系表达式

关系运算符包括：等于(＝)、精确等于(＝＝)、大于(＞)、小于(＜)、大于或等于(＞＝)、小于或等于(＜＝)、不等于(！＝、＜＞、＃)。

注意：关系运算符用来比较相同数据类型的数据之间的大小关系，各运算符的运算优先级相同。

5）逻辑表达式

逻辑运算符包括：非(.NOT.)、与(.AND.)、或(.OR.)。

注意：非的运算优先级高于与，与的运算优先级高于或。

3. 表记录的输出显示

命令格式：

LIST | DISPLAY [OFF] [范围] [FOR|WHILE 条件][FIELDS <字段列表>]

4. 表的复制

命令格式：

COPY TO <表文件名> [FIELDS <字段列表>][<范围>]；
[FOR | WHILE<条件>]

5. 表结构的复制

命令格式：

COPY STRUCTURE TO <表文件名> [FIELDS <字段列表>]

2.3 任务 4 数据库 dbrsgz 的建立及参照完整性和有效性规则的设置

2.3.1 任务 4 介绍

创建一个名为"dbrsgz. dbc"的数据库，将建好的二维表：人事表（rsb. dbf）、工资表（gzb. dbf）、部门代码表（bmdm. dbf）、职称表（zcb. dbf）添加到该数据库中，然后完成如下操作。

（1）为人事表（rsb. dbf）建立一个主索引，索引名和索引表达式均为编号，建立两个普通索引，索引名和索引表达式分别为部门代码、职称。

（2）为工资表（gzb. dbf）建立一个主索引，索引名和索引表达式均为编号，为部门代码表（bmdm. dbf）建立一个主索引，索引名和索引表达式均为部门代码，为职称表（zcb. dbf）建立一个主索引，索引名和索引表达式均为职称名称。

（3）根据索引建立表间的永久联系，并为所有的联系设置参照完整性约束：更新规则为"限制"，删除规则为"级联"，插入规则为"限制"。

（4）为人事表（rsb. dbf）中的"性别"字段设置有效性规则，使其输入值只能是"男"或"女"，当输入其他值时，提示"输入有误，性别只能是男或女"，并将性别的默认值设置为"男"。

2.3.2 任务 4 分析

本任务是创建一个数据库文件，在该数据库中添加人事表（rsb. dbf）、工资表（gzb. dbf）、部门代码表（bmdm. dbf）和职称表（zcb. dbf）。

1. 添加表

方法 1：

在【数据库设计器】中利用快捷菜单添加表。

方法 2：

打开【数据库设计器】，单击【数据库】菜单下的【添加表】命令。

31

第 2 章

方法 3：

打开【数据库设计器】，利用数据库设计器工具栏上的【添加表】按钮添加表。

2. 索引

通常表的记录是按照录入的先后顺序排列的，这个顺序号也就是记录号，而索引是按照指定的关键字表达式对记录进行排序的，它本身没有改变表中记录的物理顺序，只是改变了读取每条记录的顺序。数据库系统中采用索引技术是为了优化数据的查询。

Visual FoxPro 中的索引包括 4 种类型：主索引、候选索引、普通索引和唯一索引。

建立索引通常采用如下方法。

方法 1：

打开【表设计器】，在【索引】选项卡下建立结构复合索引。

方法 2：

命令方式：

1）单索引文件

```
INDEX  ON <索引关键字表达式> TO <单索引文件名> [COMPACT];
[UNIQUE][FOR <条件>]
```

2）独立复合索引文件

```
INDEX  ON <索引关键字表达式> TAG <索引标识名>;
OF <独立复合索引文件名> [ASC | DESC] [UNIQUE] [FOR <条件>]
```

3）结构复合索引文件

```
INDEX  ON <索引关键字表达式> TAG <索引标识名>;
[ASC | DESC] [UNIQUE | CANDIDATE] [FOR <条件>]
```

3. 为数据库表建立永久关系

对要建立永久联系的两个表，按公共字段建立索引（主表建立主索引或候选索引），将主表的索引项拖曳到子表的索引项上松开鼠标即可。

4. 设置参照完整性

建立表间永久联系后，为了保证相关联表中数据的一致性，需要编辑"参照完整性"。操作步骤如下。

（1）关闭数据库(CLOSE ALL)。

（2）重新以"独占"方式打开数据库。

（3）单击【数据库】菜单下的【清理数据库】命令。

（4）单击【数据库】菜单下的【编辑参照完整性】命令，在弹出的【参照完整性生成器】中设置对应的更新规则、删除规则和插入规则。

5. 字段有效性

在【表设计器】对话框中，选定字段名，设置字段有效性的规则、错误提示信息和默认值。

6. 数据库的基本操作

1）建立数据库

方法 1：

单击【文件】菜单下的【新建】命令，选择文件类型为【数据库】，单击【新建文件】按钮。

方法 2:

命令方式:

CREATE DATABASE [<数据库文件名>|?]

2）关闭数据库

命令方式:

CLOSE DATABASE 或 CLOSE ALL

3）打开数据库

方法 1:

单击【文件】菜单下的【打开】命令,选择文件类型和该数据库名,确定打开。

方法 2:

命令方式:

OPEN DATABASE [SHARED | NOUPDATE | EXCLUSIVE]

4）打开数据库设计器

数据库打开后,执行命令:MODIFY DATABASE。

5）删除数据库

数据库关闭后,执行命令:DELETE DATABASE <数据库文件名>。

2.3.3 任务 4 实施步骤

步骤 1:单击【文件】菜单下的【新建】命令,在弹出的【新建】对话框中选择【数据库】单选按钮,然后单击【新建文件】按钮,弹出【创建】对话框,命名为 dbrsgz.dbc,如图 2-21 所示,单击【保存】按钮,数据库建立成功后,自动打开【数据库设计器】窗口。

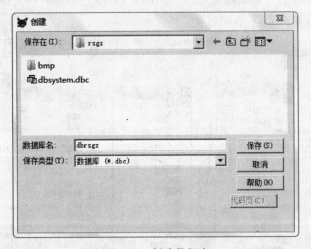

图 2-21 创建数据库

步骤 2:在【数据库设计器】窗口中,单击【数据库】工具栏中的【添加表】按钮,在弹出的【打开】对话框中依次选择人事表(rsb.dbf)、工资表(gzb.dbf)、部门代码表(bmdm.dbf)和职称表(zcb.dbf),将表添加到数据库中。

步骤3：在【数据库设计器-dbrsgz】中，用鼠标右击人事表（rsb.dbf），在弹出的快捷菜单中选择【修改】命令，弹出【表设计器】对话框，在【索引】选项卡下设置如图2-22所示的索引，单击【确定】按钮，人事表的索引建立成功。

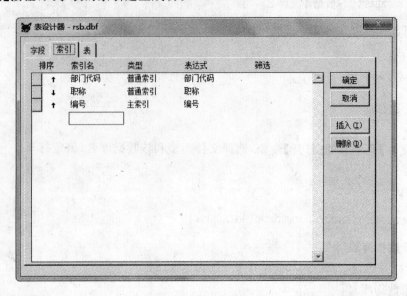

图2-22　设置索引

步骤4：按步骤3的方法分别为工资表（gzb.dbf）、部门代码表（bmdm.dbf）和职称表（zcb.dbf）表设置索引。

步骤5：将鼠标移到rsb表的【编号】索引标识名上（出现在索引下面的那个【编号】标识），按下鼠标左键不放，拖动到gzb表的相同索引标识名上，松开鼠标，这时在两个表之间会有一条连线，表间的永久联系建立成功。用同样的方法，根据公共字段建立的索引标识名建立其他永久联系，如图2-23所示。

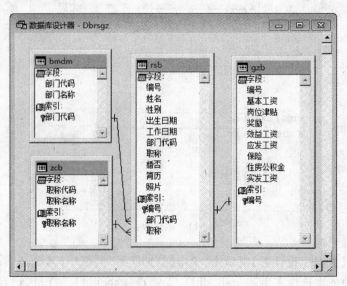

图2-23　永久联系示意图

步骤 6：在命令窗口中输入 CLOSE ALL 关闭数据库，然后重新以"独占"方式打开 dbrsgz 数据库；执行【数据库】菜单下的【清理数据库】命令；再执行【数据库】菜单下的【编辑参照完整性】命令，打开【参照完整性生成器】对话框，在【更新规则】选项卡中选择【限制】，在【删除规则】选项卡中选择【级联】，在【插入规则】选项卡中选择【限制】，如图 2-24 所示，确定后完成设置。

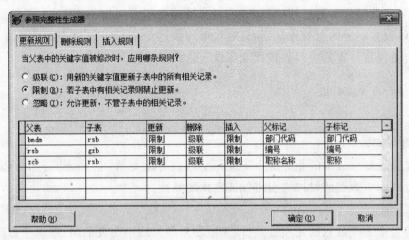

图 2-24 设置参照完整性

步骤 7：打开人事表（rsb.dbf）的表设计器，选中【性别】字段，在表设计器下方的【字段有效性】选项中做如下操作。

（1）在【规则】文本框中输入规则表达式：性别＝"男" .OR. 性别＝"女"。

（2）在【信息】文本框中输入出错提示信息："输入有误,性别只能是男或女"。

（3）在【默认值】文本框中输入："男"。

有效性规则设置结束，单击【确定】按钮使其生效，如图 2-25 所示。

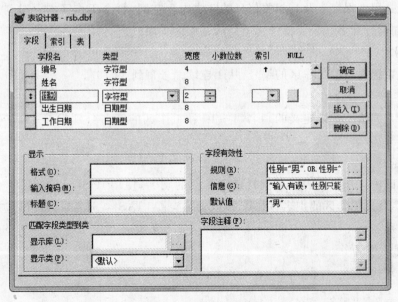

图 2-25 设置字段有效性

2.3.4　任务4归纳总结

任务 4 是创建一个数据库文件,然后将自由表添加到该数据库中;对要建立永久联系的两个表按公共字段建立索引,通过拖曳索引建立表间的永久联系。为了表间数据的一致性,需要编辑参照完整性,即设置"更新规则"、"删除规则"和"插入规则";设置参照完整性时首先要"清理数据库",然后才能打开"参照完整性生成器"进行设置。为了保证字段值的合法性,可以设置字段的有效性规则,只有数据库表才能进行有效性规则的设置,设置有效性的规则时要注意一定是关系表达式或逻辑表达式。

2.3.5　知识点拓展

1. 数据完整性

1) 实体完整性

实体完整性要求表中的主关键字不能是空值或有重复值,它保证了表中的记录都是唯一的。通过建立主索引或候选索引可保证实体完整性。

2) 域完整性

域完整性指字段值域的完整性,它用于限制某些属性中出现的值,把属性值限制在一个有限的集合中,可保证数据的合法性。通过建立字段的有效性规则可保证域完整性。

3) 参照完整性

参照完整性就是当更新、删除、插入一个表中的数据时,可通过参照引用相互关联的另一个表中的数据,来检查对表的数据操作是否正确,它用于保证表间数据的一致性。通过建立表间的永久联系并设置参照完整性的更新规则、删除规则和插入规则可保证参照完整性。

2. 工作区

工作区是用来保存表及其相关信息的一块内存空间,每个工作区同一时刻只能打开一张表,若想同时打开多张表需要选择不同的工作区实现。

1) 区号

区号是系统提供给工作区的编号,从 1 连续编号直到 32 767。

2) 区名

区名是系统给工作区定义的别名,1~10 号工作区的区名分别为 a~z,其他工作区从w11 直到 w32767。

3) 别名

在工作区中打开的表的别名就是该工作区的别名,使用"USE <表名>"命令打开表时,<表名>就是工作区的别名,用"USE <表名> ALIAS <别名>"打开表时,<别名>是工作区的别名。

4) 选择工作区

命令格式:

SELECT 　<区号 | 区名 | 别名>

3.表的排序

命令格式：

SORT ON <关键字1> [/A | /D] [,<关键字2> [/A | /D] [,…]] TO <排序表>

2.4 实训任务 销售管理系统中数据库和表的设计

实训目的：

(1)掌握表和数据库的建立与维护的方法。

(2)掌握表中数据的排序与索引。

(3)熟悉参照完整性的设置。

实训内容：

(1)建立产品信息表products(如图2-26所示)、客户信息表customer(如图2-27所示)、销售信息表sales(如图2-28所示)、用户密码表user(如图2-29所示)。

产品编号	产品名称	生产厂商	规格	型号	单价	品牌	产品说明
100305	电视机	厦门华侨电子	680*452*495 mm	TV21A2	1000.0	夏华	memo
100201	笔记本电脑	东芝（中国）有限公司	13.3 inch	L730-T10N	4299.0	东芝	Memo
100102	笔记本电脑	惠普	14 inch	CQ43-202TX	2999.0	惠普	Memo
100107	路由器	TP-LINK	300M无线	TL-WR840N	125.0	TP-LINK	memo
100101	数码相机	佳能	0.57 kg	IXUS310 HS	2219.0	佳能	Memo
100301	手机	诺基亚	0.35 kg	NOKIA 5233	999.0	诺基亚	Memo

图2-26 产品信息表

客户编号	客户	联系电话	联系地址	邮编	E_mail
1000101111	天地电子有限公司	0451-57350187	哈尔滨市南岗区中山路128号	150007	tddz@163.com
1000101114	中环商贸公司	0451-86543263	哈尔滨市道里区道里十二道街8号	150014	zhsm@yahoo.com.cn
1000101118	海康电子	0451-57376555	哈尔滨市南岗区学府路211号	150025	hkdz@sohu.com
1000102001	中兴电子	0458-8762911	伊春市林源路5号	158003	zxdz@126.com
1000101112	传志电脑公司	0451-57350355	哈尔滨市道里区经纬街40号	150033	czdn@126.com

图2-27 客户信息表

产品编号	销售时间	单价	数量	客户编号
100305	07/10/11	1000.0	2	1000101111
100107	07/11/11	200.0	3	1000101114
100101	07/11/11	350.0	3	1000101112
100107	07/11/11	200.0	3	1000101118
100107	07/11/11	200.0	1	1000101114
100102	07/13/11	560.0	2	1000101118
100102	07/13/11	560.0	4	1000102001
100201	07/16/11	410.0	3	1000101114
100301	07/16/11	880.0	5	1000101114

图2-28 销售信息表

用户名	密码	权限等级
abc	123	
admin	admin	2

图2-29 用户密码表

(2) 分别建立名为销售管理数据库(db_sale.dbc)和系统管理数据库(db_system.dbc),将产品信息表(products.dbf)、客户信息表(customer.dbf)、销售信息表(sales.dbf)添加到销售管理数据库 db_sale 中,将用户密码表(user.dbf)添加到管理系统数据库 db_system 中。

(3) 在销售管理数据库 db_sale 中,为产品信息表(products.dbf)建立主索引,索引名与索引表达式均为"产品编号",为客户信息表(customer.dbf)建立主索引,索引名与索引表达式均为"客户编号",为销售信息表(sales.dbf)建立两个普通索引,其中一个索引名与索引表达式均为"产品编号",另一个索引名与索引表达式均为"客户编号"。

(4) 在销售管理数据库 db_sale 中建立表间的永久联系,并为所有的联系设置参照完整性约束,要求更新规则设为"级联",删除规则设为"限制",插入规则设为"限制"。

习　题　2

一、选择题

1. 下列与修改表结构相关的命令是(　　)。

    A) INSERT　　　　　B) ALTER　　　　　C) UPDATE　　　　D) CREATE

2. 在 Visual FoxPro 中,若建立索引的字段值不允许重复,并且一个表中只能创建一个,这种索引应该是(　　)。

    A) 主索引　　　　　B) 唯一索引　　　　C) 候选索引　　　　D) 普通索引

3. 在 Visual FoxPro 中,下面描述正确的是(　　)。

    A) 数据库表允许对字段设置默认值

    B) 自由表允许对字段设置默认值

    C) 自由表或数据库表都允许对字段设置默认值

    D) 自由表或数据库表都不允许对字段设置默认值

4. 在 Visual FoxPro 中,有关参照完整性的删除规则,正确的描述是(　　)。

    A) 如果删除规则选择的是"限制",则当用户删除父表中的记录时,系统将自动删除子表中的所有相关记录

    B) 如果删除规则选择的是"级联",则当用户删除父表中的记录时,系统将禁止删除与子表相关的父表中的记录

    C) 如果删除规则选择的是"忽略",则当用户删除父表中的记录时,系统不负责检查子表中是否有相关记录

    D) 上面三种说法都不对

5. 在数据库中建立表的命令是(　　)。

    A) CREATE　　　　　　　　　　　B) CREATE　DATABASE

    C) CREATE　QUERY　　　　　　　D) CREATE　FORM

6. 在 Visual FoxPro 中,"表"是指(　　)。

    A) 报表　　　　　B) 关系　　　　　C) 表格控件　　　　D) 表单

7. 如果指定参照完整性的删除规则为"级联",则当删除父表中的记录时(　　)。

    A) 系统自动备份父表中被删除的记录到一个新表中

B) 若子表中有相关记录,则禁止删除父表中的记录

C) 会自动删除子表中所有相关记录

D) 不做参照完整性检查,删除父表记录,与子表无关

8. 在建立表间一对多的永久联系时,主表的索引类型必须是(　　)。

　A) 主索引或候选索引　　　　　　　　B) 主索引、候选索引或唯一索引

　C) 主索引、候选索引、唯一索引或普通索引　D) 可以不建立索引

9. 在表设计器中设置的索引包含在(　　)。

　A) 独立索引文件中　　　　　　　　　B) 唯一索引文件中

　C) 结构复合索引文件中　　　　　　　D) 非结构复合索引文件中

10. 在 Visual FoxPro 中,假设 student 表中有 40 条记录,执行下面的命令后,屏幕显示的结果是(　　)。

`?RECCOUNT( )`

　A) 0　　　　　　　　B) 1　　　　　　　　C) 40　　　　　　　　D) 出错

11. 使用索引的主要目的是(　　)。

　A) 提高查询速度　　　　　　　　　　B) 节省存储空间

　C) 防止数据丢失　　　　　　　　　　D) 方便管理

12. 在创建数据库表结构时,为了同时定义实体完整性可以通过指定(　　)来实现。

　A) 唯一索引　　　　B) 主索引　　　　C) 复合索引　　　　D) 普通索引

13. 假设变量 a 的内容是"计算机软件工程师",变量 b 的内容是"数据库管理员",表达式的结果为"数据库工程师"的是(　　)。

　A) left(b,6)−right(a,6)　　　　　　　B) substr(b,1,3)−substr(a,6,3)

　C) A 和 B 都是　　　　　　　　　　　D) A 和 B 都不是

14. 在 Visual FoxPro 中,为了使表具有更多的特性应该使用(　　)。

　A) 数据库表　　　　　　　　　　　　B) 自由表

　C) 数据库表或自由表　　　　　　　　D) 数据库表和自由表

二、填空题

1. 表达式 EMPTY(.NULL.)的值是_____。

2. 在建立表间一对多的永久联系时,主表的索引类型必须是_____。

3. 在 Visual FoxPro 中,用 LOCATE ALL 命令按条件对某个表中的记录进行查找,若查不到满足条件的记录,函数 EOF() 的返回值应是_____。

4. 在 Visual FoxPro 中的"参照完整性"中,"插入规则"包括的选项是"限制"和_____。

5. 人员基本信息一般包括身份证号,姓名,性别,年龄等。其中可以作为主关键字的是_____。

6. 为表建立主索引或候选索引可以保证数据的_____完整性。

7. 在 Visual FoxPro 中,职工表 EMP 中包含通用型字段,表中通用型字段中的数据均存储到另一个文件中,该文件名为_____。

8. 参照完整性规则包括更新规则、删除规则和_____规则。

9. 执行下述程序段，显示的结果是_____。

```
A = 10
B = 20
?IIF(A > B,"A 大于 B","A 不大于 B")
```

10. 在 Visual FoxPro 中可以使用命令 DIMENSION 或_____说明数组变量。

11. 在 Visual FoxPro 中表达式(1＋2^(1＋2))/(2＋2)的运算结果是_____。

第3章　Visual FoxPro 查询和视图

本章导读

用户通常要在数据表中按照给定的条件查找记录，不用对数据表做任何处理，并且对查找的结果可以生成一个单独的表，这类操作通常用查询或视图完成。本章主要介绍查询和视图的建立过程以及设计器中各选项卡的功能。本章完成的具体任务说明如下。

任务 5　利用查询向导查询人事表中所有讲师的记录

任务 6　利用查询设计器从人事表和工资表中查询记录

任务 7　人事工资管理系统数据库 dbrsgz 中视图的设计

3.1　任务 5　利用查询向导查询人事表中所有讲师的记录

3.1.1　任务 5 介绍

使用查询向导对人事表(rsb.dbf)创建查询，具体要求：查询职称为"讲师"的记录，查询结果包括编号、姓名、性别、工作日期、职称字段，并且按编号降序排序显示，查询文件保存为 rsbcx.qpr。

3.1.2　任务 5 分析

创建查询使用的数据源是人事表(rsb.dbf)，在人事表中有多个字段，查询结果只包括编号、姓名、性别、工作日期、职称 5 个字段，查询条件是职称为"讲师"的记录，并且结果要求按照编号字段降序排列。

使用查询向导建立查询的步骤如下。

(1) 启动查询向导。

(2) 字段选取。

(3) 为表建立关系(单表查询则省略此步骤)。

(4) 字段选取——确定联接类型(单表查询则省略此步骤)。

(5) 筛选记录。

(6) 排序记录。

(7) 限制记录。

(8) 保存文件。

3.1.3　任务 5 实施步骤

步骤 1：单击【文件】菜单下的【新建】命令，在弹出的【新建】对话框中选中【查询】单选按钮,然后单击【向导】按钮,弹出【向导选取】对话框,如图3-1所示。

图3-1 【向导选取】对话框

步骤2:在【向导选取】对话框中,单击【确定】按钮,弹出【查询向导】对话框。

步骤3:在【查询向导】→【步骤1-字段选取】对话框中的【数据库和表】列表框中(或者单击▣按钮)选取rsb表,将【可用字段】列表框中的编号、姓名、性别、工作日期、职称添加到【选定字段】列表框中,如图3-2所示。单击【下一步】按钮,因为本任务为单表查询,因此直接进入【步骤3-筛选记录】。

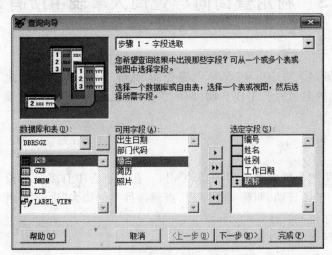

图3-2 步骤1-字段选取

步骤4:在【步骤3-筛选记录】对话框中设置查询条件:在【字段】列表框中选择RSB.职称,【操作符】列表框中选取"等于",在【值】文本框中输入"讲师",如图3-3所示。

步骤5:在【步骤3-筛选记录】界面条件设置完成后,单击【下一步】按钮,进入【步骤4-排序记录】界面,在【可用字段】列表框中选取"编号"字段,单击【添加】按钮,将其添加到【选定字段】列表框中,再选择【选定字段】列表框中的"编号"字段,单击【降序】单选按钮,如图3-4所示。

步骤6:在【步骤4-排序记录】对话框中单击【下一步】按钮,打开【步骤4a-限制记录】对话框,如图3-5所示,设置结果显示的记录数,本任务使用默认值即可。

步骤7:在【步骤4a-限制记录】对话框中单击【下一步】按钮,打开【步骤5-完成】对话框,选中【保存查询】单选按钮,如图3-6所示。

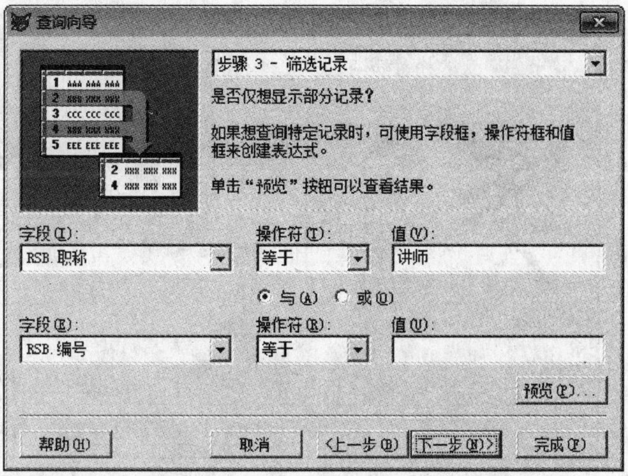

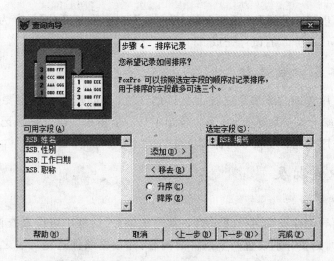

图 3-3　步骤 3-筛选记录

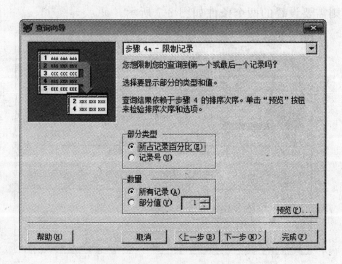

图 3-4　步骤 4-排序记录

图 3-5　步骤 4a-限制记录

Visual FoxPro 查询和视图

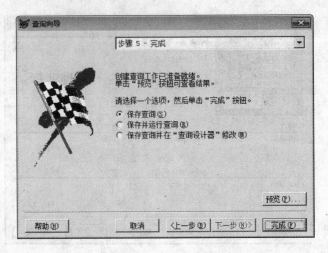

图 3-6　步骤 5-完成

步骤 8：在【步骤 5-完成】对话框中单击【完成】按钮，在打开的【另存为】对话框中保存文件名为 rsbcx. qpr，任务 5 的设计完成。

3.1.4　任务 5 归纳总结

任务 5 是使用查询向导来完成查询文件的建立，其创建查询的主要操作如下：步骤 1 是向导选取；步骤 2 是选取数据源，设置输出字段；步骤 3 是设置筛选记录的条件；步骤 4 是设置记录的排序依据；步骤 5 为保存文件。

3.1.5　知识点拓展

1. 条件设置

利用查询向导创建查询时，在【步骤 3-筛选记录】对话框中可设置查询条件。如果查询要求两个条件时，则要分别设置两个条件的内容，并根据条件选定二者之间的"与"、"或"关系（两个条件必须同时满足时选择"与"，有其一满足即可时选择"或"）。例如：查询所有的"男讲师"信息，则需要设置的两个条件如图 3-7 所示。

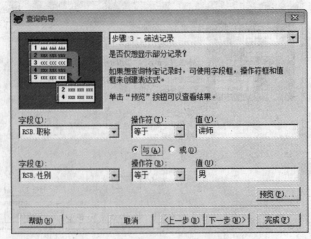

图 3-7　设置两个条件筛选记录

2. 运行查询文件 rsbcx. qpr

单击【程序】菜单下的【运行】命令，在弹出的【运行】对话框中选择 rsbcx. qpr 文件，单击
【运行】按钮，得到的查询结果如图 3-8 所示。

图 3-8　任务 5 查询结果

3.2　任务 6　利用查询设计器从人事表和工资表中查询记录

3.2.1　任务 6 介绍

利用查询设计器创建查询，具体要求：从人事表(rsb. dbf)与工资表(gzb. dbf)中查询基
本工资大于或等于 1000 元的职工记录，查询结果依次包含编号、姓名、性别、职称、基本工
资、岗位津贴、住房公积金字段，并按职称升序显示，职称相同的按基本工资降序显示，最后
将查询结果输出到表 rgone. dbf 中，将查询设置保存为 querytwo. qpr 文件。

3.2.2　任务 6 分析

本任务是通过查询设计器创建查询，数据源是人事表(rsb. dbf)和工资表(gzb. dbf)，需
要通过设置查询设计器中各个选项卡来完成本任务，具体操作步骤如下。

(1) 启动查询设计器。

(2) 将数据源人事表(rsb. dbf)与工资表(gzb. dbf)依次添加到查询设计器中。要在两
个表中查找记录，一定要设置两个表之间的连接条件。

(3)【字段】选项卡用于设置查询结果所包含的字段。

(4)【筛选】选项卡用于设置查询条件。

(5)【排序依据】选项卡用于设置记录的排序规则。

(6) 设置查询结果的【查询去向】为表 rgone. dbf。

(7) 保存查询文件为 querytwo. qpr。

3.2.3　任务 6 实施步骤

步骤 1：单击【文件】菜单下的【新建】命令，在弹出的【新建】对话框中选中【查询】单选按
钮，然后单击【新建文件】按钮，弹出【查询设计器】对话框。将人事表(rsb. dbf)与工资表
(gzb. dbf)依次添加到查询设计器中，如图 3-9 所示，在【添加表或视图】对话框中单击【关
闭】按钮，完成数据源的添加。

步骤 2：在【查询设计器】的【字段】选项卡中，将查询结果包含的字段(编号、姓名、性别、
职称、基本工资、岗位津贴、住房公积金)依次添加到【选定字段】列表框中，如图 3-10 所示。

46

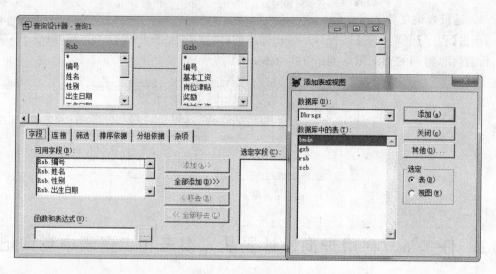

图 3-9　查询设计器

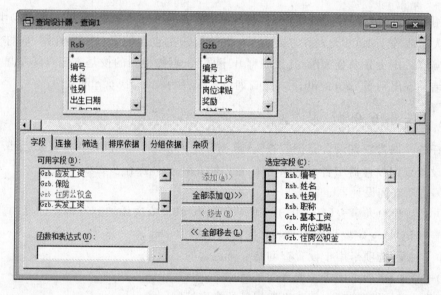

图 3-10　添加查询字段界面

步骤 3：在【查询设计器】的【筛选】选项卡中，在【字段名】列表框下选取"gzb. 基本工资"字段，【条件】列表框中选取"＞＝"，【实例】列表框中输入"1000"，如图 3-11 所示。

步骤 4：在【查询设计器】的【排序依据】选项卡中，分别将【选定字段】列表框中的"Rsb. 职称"和"Gzb. 基本工资"字段添加到【排序条件】列表框中，并利用【排序选项】将"Rsb. 职称"设置为升序，将"Gzb. 基本工资"设置为降序，如图 3-12 所示。

步骤 5：在【查询设计器】上右击鼠标，在弹出的快捷菜单中选择【输出设置】命令，在弹出的【查询去向】对话框中单击【表】按钮，在【表名】文本框中输入表名 rgone.dbf，如图 3-13 所示，单击【确定】按钮完成设置。

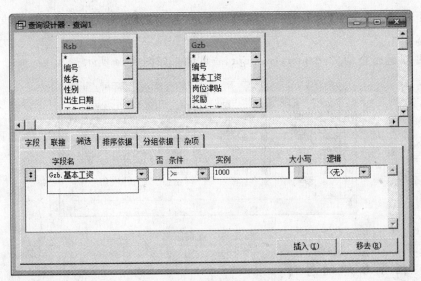

图 3-11　筛选条件设置界面

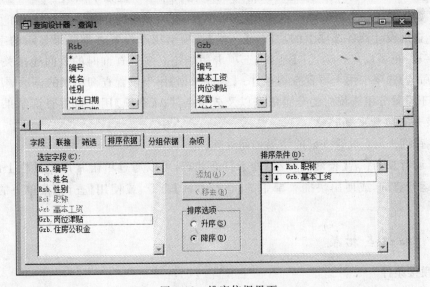

图 3-12　排序依据界面

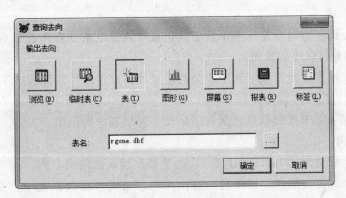

图 3-13　设置查询去向

Visual FoxPro 查询和视图

步骤 6：选择【文件】菜单中的【保存】命令，在弹出的【另存为】对话框中将文件保存为 querytwo.qpr。

步骤 7：运行查询文件 querytwo.qpr，查询结果如图 3-14 所示。

编号	姓名	性别	职称	基本工资	岗位津贴	住房公积金
0b02	程峰	男	副教授	1550.00	30.00	438.00
0a01	张洁楠	男	副教授	1450.00	30.00	414.00
0a02	赵明	男	讲师	1060.00	25.00	309.40
0b04	陈慧	女	讲师	1020.00	25.00	299.80
0b03	吴春雪	女	讲师	1000.00	25.00	295.00
0a01	黄飞	男	教授	1900.00	40.00	534.00
0a05	李宁宇	男	教授	1780.00	40.00	505.20

图 3-14　查询结果

3.2.4　任务 6 归纳总结

任务 6 是利用【查询设计器】建立查询，创建过程中要掌握如下知识点。

(1) 添加数据源：数据源可以是表，也可以是视图，多表操作要建立连接。

(2) 查询设计器各选项卡的功能：【字段】选项卡用于设置查询结果显示的字段，可以是单个字段，也可以是表达式；【连接】选项卡用于建立多表查询时的表间连接关系和连接类型；【筛选】选项卡用于设置查询条件；【排序依据】用于设置查询结果的显示顺序；【分组依据】用于设置分组查询时的分组依据以及分组条件；【杂项】用于设置查询结果显示的记录数以及是否包含重复记录。

(3) 查询去向：设置查询的结果如何处理。

(4) 运行查询：若【查询设计器】处于打开状态，可以通过单击常用工具栏上的【运行】按钮运行查询，或使用快捷菜单中的【运行查询】命令，或使用【查询】菜单下的【运行查询】命令。

3.2.5　知识点拓展

1. 联接条件

➤ 内部联接：用于查询结果只显示满足条件的记录(即两个表的公共记录)，这是常用的默认方式。

➤ 右联接：用于查询在显示两个表公共记录外还显示条件右侧表中不满足条件的记录("= *"为超联接运算符)。

➤ 左联接：用于查询在显示两个表公共记录外还显示条件左侧表中不满足条件的记录(" * ="为超联接运算符)。

➤ 完全联接：用于查询中显示所有满足及不满足条件的记录。

2. 查询去向

➤ 浏览：生成常用的 BROWSE 窗口，这是系统默认的输出方式。

➤ 临时表：将每次的查询结果暂存在由用户命名的只读数据表中。系统一旦退出，临时表就会消失。若需要查看其内容，先在【查询】菜单中单击【运行查询】命令，然后在【显示】菜单中单击【浏览】命令。

➤ 表：由用户命名，在外存上建立一个数据表，不同的查询结果放在多个表中。若需要查看其内容，先在【查询】菜单中单击【运行查询】命令，然后在【显示】菜单中单击【浏览】命令实现。

➤ 图形：将查询结果生成二维图表。

➤ 屏幕：将查询结果输出到屏幕或同时也输出到打印机或文本文件中。

  • 到打印机：在屏幕显示的同时也在打印机上输出。

  • 到文本文件：在屏幕显示的同时也在外存上建立一个文本文件。

➤ 报表：查询结果作为报表文件的数据源。

➤ 标签：查询结果作为标签文件的数据源。

3.3 任务 7 人事工资管理系统数据库 dbrsgz 中视图的设计

3.3.1 任务 7 介绍

在数据库 dbrsgz.dbc 中利用视图设计器创建视图 label_view.vue，具体要求：数据源为人事表（rsb.dbf）和部门代码（bmdm.dbf）表，查询结果依次包含编号、姓名、性别、工作日期、部门名称字段，结果按部门名称降序显示，同时将部门名称设置为可更新字段。浏览视图并利用视图的更新功能将编号为"0a04"的职工部门名称由"艺术系"更改为"艺术设计系"。

3.3.2 任务 7 分析

本任务是在数据库 dbrsgz.dbc 中创建视图。视图是一个虚拟表，它不能独立存在，而是以文件的形式保存在数据库中，文件扩展名为 .vue。视图分为"本地视图"和"远程视图"两类，本地视图是利用本地数据源中的数据建立在本地服务器的视图，远程视图是利用远程服务器中的数据建立的视图。任务 7 的数据源是人事表（rsb.dbf）和部门代码表（bmdm.dbf），通过对视图设计器中各个选项卡的设置完成本任务，具体方法如下。

（1）打开数据库 dbrsgz.dbc。

（2）启动视图设计器。

（3）将人事表（rsb.dbf）与部门代码表（bmdm.dbf）依次添加到视图设计器中，保证两表之间建立联系。

（4）在【字段】选项卡中，设置查询结果包含的字段。

（5）在【排序依据】选项卡中，设置排序规则。

（6）在【更新条件】选项卡中，设置更新字段。

（7）保存文件为 label_view。

3.3.3 任务 7 实施步骤

步骤 1：单击【文件】菜单下的【打开】命令，在弹出的【打开】对话框中选择【文件类型】为【数据库】，在文件列表框中选择数据库文件 dbrsgz.dbc，并将【独占】复选框选中，单击【确定】按钮，即打开数据库，如图 3-15 所示。

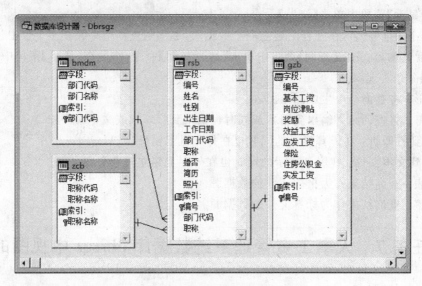

图 3-15　数据库打开界面

步骤 2：数据库打开后，单击【文件】菜单下的【新建】命令，选中【视图】单选按钮，单击【新建文件】按钮，在弹出的【添加表或视图】对话框中将数据库 dbrsgz.dbc 中的人事表(rsb.dbf)和部门代码表(bmdm.dbf)依次添加到【视图设计器】窗口中，两个表自动建立连接，如图 3-16 所示。

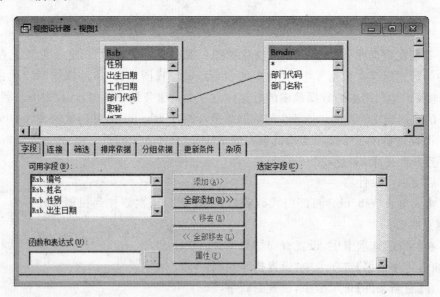

图 3-16　视图设计器界面

步骤 3：在【视图设计器】的【字段】选项卡中，设置输出字段，依次将编号、姓名、性别、工作日期、部门名称字段从【可用字段】列表框添加至【选定字段】列表框中，如图 3-17 所示。

步骤 4：在【视图设计器】的【排序依据】选项卡中，将"部门名称"字段添加到【排序条件】列表框，并将【排序选项】设置为【降序】，如图 3-18 所示。

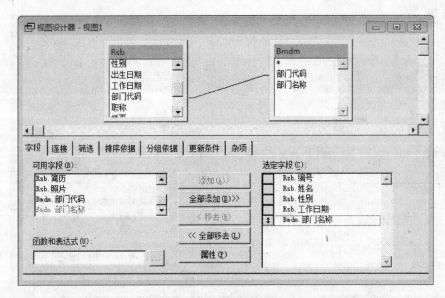

图 3-17　设置输出字段界面

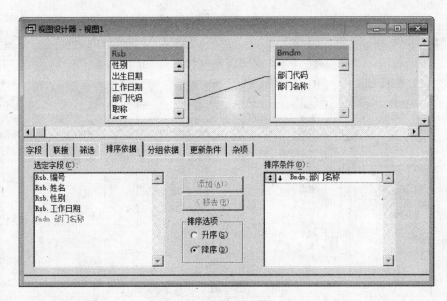

图 3-18　设置排序依据界面

步骤 5：在【视图设计器】的【更新条件】选项卡中，在【字段名】列表框中先取消所有"√"标记，然后选择 bmdm.部门名称，单击其左边的"钥匙"标记列，使之显示"√"，再单击"铅笔"标记列，使之显示"√"，选定【发送 SQL 更新】复选框，用来确认用户选定的更新字段的数据在视图中变更后可发送到原始表中，如图 3-19 所示。

步骤 6：保存视图，文件名设为 label_view。建立视图后的数据库如图 3-20 所示。

步骤 7：浏览视图，并将视图中编号为"0a04"的"部门名称"的数据从"艺术系"修改为"艺术设计系"，打开表 bmdm.dbf，发现数据已更新，任务 7 完成。

52

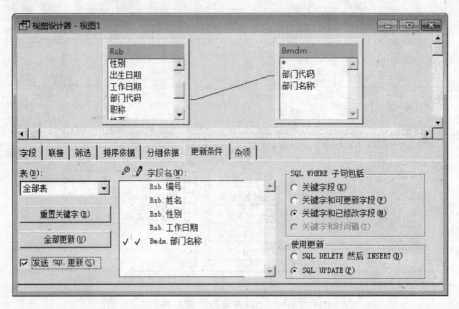

图 3-19　更新设置

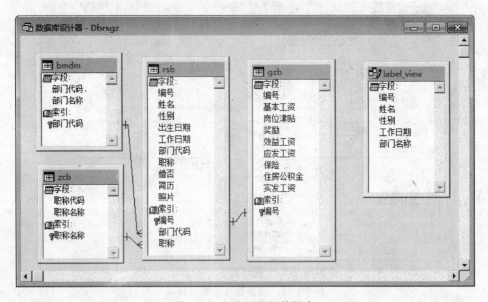

图 3-20　包含视图的数据库

3.3.4　任务7归纳总结

任务7是利用【视图设计器】建立视图,视图本身不是独立的文件,要在数据库中建立。完成本任务基本步骤如下:步骤1是打开数据库;步骤2是打开视图设计器,添加表,选定输出字段,输出排序,设置更新条件;步骤3是保存文件;步骤4是浏览视图和更新数据。

3.3.5 知识点拓展

1. 修改视图

方法 1:

打开【数据库设计器】,用鼠标右击视图文件,在弹出的快捷菜单中选择【修改】命令,打开【视图设计器】进行修改。

方法 2:

在命令窗口中输入如下命令打开【视图设计器】进行修改:

```
MODIFY  VIEW  <视图名>
```

2. 删除视图

方法 1:

打开【数据库设计器】,用鼠标右击视图文件,在弹出的快捷菜单中选择【删除】命令进行删除。

方法 2:

在命令窗口中输入如下命令删除视图:

```
DROP  VIEW  <视图名>
```

3. 视图更名

在命令窗口中输入如下命令更改视图名称:

```
RENAME  VIEW  原视图名  TO  新视图名
```

4. 视图文件和查询文件的区别

➤ 数据源不同。视图可以是本地或远程数据,而查询只能是本地数据。

➤ 从属不同。视图是数据库中的文件,而查询是独立文件。

➤ 工作方式不同。视图必须打开数据库才能运行,而查询随时可以运行。

➤ 功能不同。视图可以更新源表的数据,而查询不能更新。

➤ 输出去向不同。视图的结果只能是浏览表,而查询去向可以是浏览、临时表、表、图形、屏幕、打印机、文本文件、报表和标签。

3.4   实训任务   销售管理系统数据库 db_sale 中视图的设计

实训目的:

(1) 掌握使用查询设计器建立查询的方法。

(2) 掌握使用视图设计器建立视图的方法。

(3) 熟悉视图设计器各个选项卡功能。

实训内容:

(1) 利用查询设计器建立查询文件 query_bjb. qpr,从 customer. dbf、sales. dbf 和 products. dbf 表中查询笔记本电脑的销售情况。要求:查询结果包括 products. dbf 表中的产品编号、产品名称、生产厂商、品牌字段,customer. dbf 表中的客户字段,sales. dbf 表中的

53

第 3 章

Visual FoxPro 查询和视图

数量、单价和金额(单价 * 数量)字段;结果按金额降序排列;并将查询结果存到 bjbxs.dbf 表中。查询结果如图 3-21 所示。

图 3-21　文件 query_bjb.qpr 的查询结果

(2) 在销售管理系统数据库 db_sale 中,利用视图设计器建立包含产品编号、产品名称、客户、销售时间、单价、数量的视图,文件名分别为 report_cp.vue、report_kh.vue、report_xssj.vue,其中视图 report_cp.vue 按产品编号升序排序,视图 report_kh.vue 按客户升序排序,视图 report_xssj.vue 按销售时间升序排序。包含视图的数据库如图 3-22 所示。

图 3-22　包含视图的数据库 db_sale.dbc

习　题　3

一、选择题

1. 以下关于"查询"的正确描述是(　　)。

A) 查询文件的扩展名为 prg　　　　　　B) 查询保存在数据库文件中

C) 查询保存在表文件中　　　　　　　　D) 查询保存在查询文件中

2. 以下关于"视图"的正确描述是（　　）。
   A) 视图独立于表文件
   B) 视图不可更新
   C) 视图只能从一个表派生出来
   D) 视图可以删除
3. 以下关于"视图"的描述正确的是（　　）。
   A) 视图和表一样包含数据
   B) 视图物理上不包含数据
   C) 视图定义保存在命令文件中
   D) 视图定义保存在视图文件中
4. 以下关于"查询"的描述正确的是（　　）。
   A) 不能根据自由表建立查询
   B) 只能根据自由表建立查询
   C) 只能根据数据库表建立查询
   D) 可以根据数据库表和自由表建立查询
5. 删除视图 myview 的命令是（　　）。
   A) DELETE myview
   B) DELETE VIEW myview
   C) DROP VIEW myview
   D) REMOVE VIEW myview
6. 以下关于"视图"描述错误的是（　　）。
   A) 只有在数据库中可以建立视图
   B) 视图定义保存在视图文件中
   C) 从用户查询的角度视图和表一样
   D) 视图物理上不包括数据
7. 在 Visual FoxPro 中，关于"视图"的正确描述是（　　）。
   A) 视图也称作窗口
   B) 视图是一个预先定义好的 SQL SELETE 语句文件
   C) 视图是一种用 SQL SELECT 语句定义的虚拟表
   D) 视图是一个存储数据的特殊表
8. 在 Visual FoxPro 中，要运行查询文件 query1.qpr，可以使用命令（　　）。
   A) DO query1
   B) DO query1.qpr
   C) DO QUERY query1
   D) RUN query1
9. 下面关于"查询"描述正确的是（　　）。
   A) 可以使用 CREATE VIEW 打开查询设计器
   B) 使用查询设计器可以生成所有的 SQL 查询语句
   C) 使用查询设计器生成的 SQL 语句存盘后将存放在扩展名为 QPR 的文件中
   D) 使用 DO 语句执行查询时，可以不带扩展名
10. 在 Visual FoxPro 中，以下关于"查询"和"视图"的正确描述是（　　）。
    A) 查询是一个预先定义好的 SQL SELECT 语句文件
    B) 视图是一个预先定义好的 SQL SELECT 语句文件
    C) 查询和视图是同一种文件，只是名称不同
    D) 查询和视图都是一个存储数据的表
11. 在 Visual FoxPro 中，以下关于"视图"描述中错误的是（　　）。
    A) 通过视图可以对表进行查询
    B) 通过视图可以对表进行更新
    C) 视图是一个虚表
    D) 视图就是一种查询
12. 使用 SQL 语句增加字段的有效性规则，是为了能保证数据的（　　）。
    A) 实体完整性
    B) 表完整性
    C) 参照完整性
    D) 域完整性

13. 以纯文本形式保存设计结果的设计器是(　　)。

    A) 查询设计器　　　　　　　　　　B) 表单设计器

    C) 菜单设计器　　　　　　　　　　D) 以上三种都不是

14. 有关查询设计器,正确的描述是(　　)。

    A) 【连接】选项卡与 SQL 语句的 GROUP BY 短语对应

    B) 【筛选】选项卡与 SQL 语句的 HAVING 短语对应

    C) 【排序依据】选项卡与 SQL 语句的 ORDER BY 短语对应

    D) 【分组依据】选项卡与 SQL 语句的 JOIN ON 短语对应

15. 在 Visual FoxPro 中,以下关于"视图"的正确描述是(　　)。

    A) 视图与数据库表相同,用来存储数据

    B) 视图不能同数据库表进行连接操作

    C) 在视图上不能进行更新操作

    D) 视图是从一个或多个数据库表导出的虚拟表

16. 在 Visual FoxPro 中,查询设计器和视图设计器很像,以下描述正确的是(　　)。

    A) 使用查询设计器创建的是一个包含 SQL SELECT 语句的文本文件

    B) 使用视图设计器创建的是一个包含 SQL SELECT 语句的文本文件

    C) 查询和视图有相同的用途

    D) 查询和视图实际都是一个存储数据的表

二、填空题

1. 删除视图 MyView 的命令是_____。

2. 查询设计器中的【分组依据】选项卡与 SQL 语句的_____短语对应。

3. 已有查询文件 queryone. qpr,要执行该查询文件可使用命令_____。

4. Visual FoxPro 的查询设计器中_____选项卡对应的 SQL 短语是 WHERE。

5. 查询设计器的【排序依据】选项卡对应于 SQL SELECT 语句的_____短语。

6. 在 Visual FoxPro 中视图可以分为本地视图和_____视图。

7. 在 Visual FoxPro 中为了通过视图修改基本表中的数据,需要在视图设计器的_____选项卡中设置有关属性。

模块三

应用系统前台设计

第4章　Visual FoxPro 表单设计

本章导读

目前,绝大多数应用软件均采用窗口、对话框等图形化用户界面。在 Visual FoxPro 数据库应用系统中通常使用表单作为数据操作的一个窗口。用户可通过表单对数据库中的数据进行编辑、查询、统计等操作。Visual FoxPro 中提供了良好的表单设计工具,用户通过可视化的设计方法,能够方便地定义表单中的各种对象、对象的属性、对象的方法。表单设计是 Visual FoxPro 面向对象程序设计的典型实例,结合项目要求,本章完成的具体任务说明如下。

任务8　利用表单设计器设计登录表单

利用表单设计器设计如图 4-1 所示表单(denglu.scx),验证操作员的登录信息,登录成功后进入主表单。

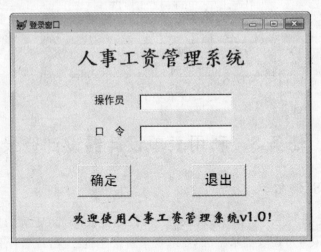

图 4-1　任务 8 效果图

任务9　利用表单向导设计人事表维护表单

利用表单向导设计如图 4-2 所示的表单(rsb_wh.scx),用于对人事表(rsb.dbf)进行记录的浏览、添加、删除、修改及查找等操作。

任务10　利用表单设计器设计人事信息查询表单

利用表单设计器设计如图 4-3 所示的表单(rs_cx.scx),实现按不同的字段查询信息。

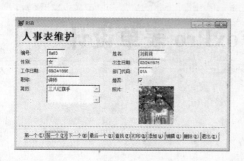

图 4-2　任务 9 效果图

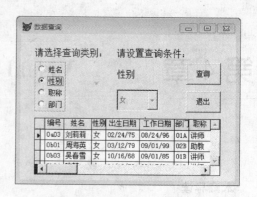

图 4-3　任务 10 效果图

任务 11　利用表单设计器设计工资统计表单

利用表单设计器设计如图 4-4 所示的表单(gz_tj.scx),实现对工资的各种统计操作。

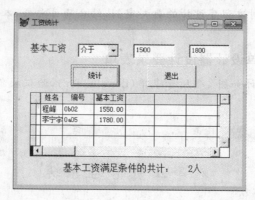

图 4-4　任务 11 效果图

4.1　任务 8　利用表单设计器设计登录表单

4.1.1　任务 8 介绍

利用表单设计器创建一个操作员登录表单,具体要求:输入正确的操作员名和口令即可登录到主表单,最多可连续登录三次,如果登录错误超过三次,或者操作员名输入错误或者口令输入错误,均弹出相应的报错信息;该表单下方文字实现动态滚动的效果。

4.1.2　任务 8 分析

任务 8 实现的是表单设计,采用的是面向对象的程序设计方法。在面向对象程序设计中,具有相同数据特征和行为特征的所有事物称为一个类,其数据特征称为属性,行为特征称为方法,而对象是类的一个实例,属性、事件和方法是对象的三要素。在 Visual FoxPro中,通常把对象称为控件,而调用控件的属性、事件和方法时,要注意控件间的层次关系和控件的引用。在控件引用中常用代词 ThisForm 代表当前表单,This 代表当前控件,Parent 代表当前控件的直接容器控件。控件的引用形式有两种：绝对引用和相对引用。绝对引用是指从窗口的最上层开始，一层层向下，提供完整的对象地址，格式为：＜容器对象＞.＜引用对象＞；相对引用是指从当前对象开始，按对象间的相对位置关系引用对象，格式为：＜This＞或＜This＞.＜引用对象＞。

Visual FoxPro 表单中常用的控件有标签、文本框、命令按钮、命令按钮组、选项按钮组、复选框、组合框、列表框、表格、页框等，通常放在【表单控件】工具栏中，如图 4-5 所示。

任务 8 中用到以下几个控件。

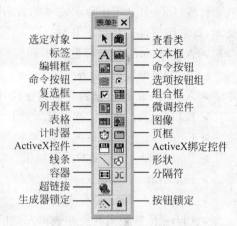

图 4-5 【表单控件】工具栏

1. 表单控件

表单（Form）是 Visual FoxPro 中其他控件的容器，可作为一个窗口或对话框而独立存在。

1）常用属性

- AutoCenter：表单初始化时是否自动在 Visual FoxPro 主窗口中居中。
- BackColor：决定表单窗口的颜色。
- Caption：表单标题栏显示的文本。
- MaxButton：表单是否具有最大化按钮。
- MinButton：表单是否具有最小化按钮。
- ShowWindow：表单在屏幕中，悬浮在顶层表单或作为顶层表单出现。
- Visible：指定表单可见还是隐藏。
- Width：指定对象的宽度。

2）常用方法

- Release：从内存中释放表单或表单集。
- Refresh：重新绘制表单或控件并刷新。
- Hide：通过设置 Visible 属性为"假"（.F.），隐藏一个表单、表单集或工具栏。
- Show：显示表单并指定该表单是模式的还是无模式的。

3）常用事件

- Load：用于表单和表单集。在创建表单之前发生，该事件代码从表单装入内存至表单被释放期间仅被运行一次。由于在该事件发生时还没有创建任何控件对象，因此在此事件中不能有对控件进行处理的代码，常使用 SET 命令组来设置系统运行的初始环境。
- Destroy：释放表单时触发该事件，该事件代码通常用来进行文件关闭、释放内存变量等工作。
- Init：表单初始化时触发该事件，该事件代码从表单装入内存至表单被释放期间仅被运行一次。Init 代码通常用来完成一些表单的初始化工作。
- Unload：在表单被释放时发生，是释放表单或表单集的最后一个事件。

2. 标签控件

标签(Label)是用于显示文本的控件,被显示的文本在 Caption 属性中指定,称为标题文本,其常用属性包括以下几种。

- ➢ Alignment:指定标题文本在控件中显示的对齐方式,共有"0-左(默认值)"、"1-右"和"2-中央"三种对齐方式。
- ➢ AutoSize:指定是否自动调整控件大小以容纳其内容。
- ➢ BackStyle:设置标签的背景是否透明,可设置"0-透明"或"1-不透明(默认值)"。
- ➢ Caption:指定标签的标题文本。
- ➢ FontBold:指定文本是否加粗。
- ➢ FontName:指定文本的字体。
- ➢ FontSize:指定文本的字号。
- ➢ Left:标签距离其所在表单左侧的长度。
- ➢ Visible:指定标签可见还是隐藏。

3. 文本框控件

文本框(Text)用于显示或接收用户输入的单行文本。

1) 常用属性

- ➢ ControlSource:指定与文本框建立联系的数据源。
- ➢ Value:设置文本框显示的内容,或接收用户输入的内容。
- ➢ PasswordChar:指定文本框内显示用户输入的字符还是显示占位符,并指定用作占位符的字符。
- ➢ InputMask:指定文本框中数据的输入格式和显示方式。InputMask 的各种属性值及说明如表 4-1 所示。

表 4-1 InputMask 的各种属性值

属 性 值	说　　明
X	可输入任何字符
9	可输入数字和正负符号
#	可输入数字、空格和正负符号
$	在某一固定位置显示(由 SET CURRENCY 命令指定的)当前货币符号
$ $	在微调控件或文本框中,货币符号显示时不与数字分开
*	在值的左侧显示星号
.	用小数点分隔符指定小数点的位置
,	逗号可以用来分隔小数点左边的整数部分

2) 常用事件

InteractiveChange:当文本框的值发生改变时,触发该事件。

4. 命令按钮控件

命令按钮(Command)是 Visual FoxPro 表单中最常用的控件,通常单击某一命令按钮可完成登录、退出、取消、打印等特定功能。

1) 常用属性

- ➢ Caption:设置命令按钮控件的标题。

> Enabled：指定命令按钮控件能否响应由用户引发的事件。

> Default：指定该按钮是否为默认选择，如果是默认选择，当按 Enter 键后，将执行这个命令按钮的 Click 事件。

> Cancel：指定当用户按下 Esc 键时，执行与命令按钮的 Click 事件相关的代码。

2）常用事件

Click：单击命令按钮时触发该事件。

5. 计时器控件

表单中的计时器（Timer）控件可以在某一时间内按照确定的时间间隔产生一个计时器事件以运行指定的程序。计时器控件只对时间做出反应，对用户触发的事件没有反应，所以计时器控件的位置及大小可任意。

1）常用属性

> Interval：指定计时器控件触发计时器事件的时间间隔。

> Enabled：设定计时器控件是否可用，当 Enabled 的属性值为.T.时，计时器控件触发计时器事件。

2）常用事件

Timer 事件：即计时器事件，当 Enable 为.T.时，计时器控件自动触发该事件。

任务 8 的表单是一种常见的用户登录界面，可使用【表单设计器】完成。合法的操作员名及口令来源于表 operator；需要有 4 个标签分别显示"人事工资管理系统"、"操作员"、"口令"及"欢迎使用人事工资管理系统 v1.0!"，两个文本框用来接收用户输入的操作员名及口令，两个命令按钮，一个用于登录控制，另一个用于退出系统。为了实现文字的动态滚动效果，还需在该表单中添加一个计时器控件。

打开表单设计器的方法如下。

方法 1：

单击【文件】菜单下的【新建】命令，在弹出的【新建】对话框中选中【表单】单选按钮，然后单击【新建文件】按钮。

方法 2：

在命令窗口中输入如下命令并执行：

```
CREATE  FORM  [<表单文件名>]
```

向表单中添加数据环境的方法如下。

方法 1：

单击【显示】菜单下的【数据环境】命令，在弹出的【打开】对话框中找到并选择数据表文件，单击【确定】按钮。

方法 2：

右击表单窗体，在弹出的快捷菜单中选择【数据环境】命令，在弹出的【打开】对话框中找到并选择数据表文件，单击【确定】按钮。

4.1.3　任务 8 实施步骤

步骤 1：单击【文件】菜单下的【新建】命令，在弹出的【新建】对话框中选中【表单】单选按钮,然后单击【新建文件】按钮,打开【表单设计器】窗口,如图 4-6 所示。

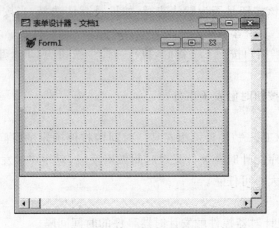

图 4-6　表单设计器

步骤 2:单击【显示】菜单下的【数据环境】命令,将 operator. dbf 表添加到当前表单的【数据环境设计器】中。

步骤 3:在表单设计器中通过【表单控件】工具栏(如图 4-5 所示)添加 4 个标签、两个文本框、两个命令按钮及一个计时器控件,如图 4-7 所示。

步骤 4:单击【显示】菜单下的【属性】命令,打开【属性】窗口,如图 4-8 所示(若属性窗口已经打开,此步可省略)。

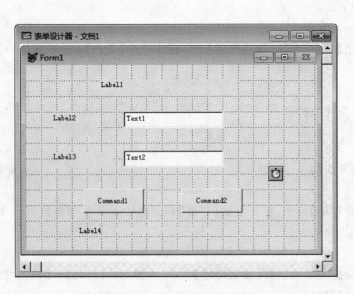

图 4-7　添加控件后的表单设计器

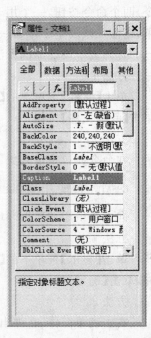

图 4-8　【属性】窗口

步骤 5:在【属性】窗口中设置各控件的属性值,如表 4-2 所示,设置后的效果如图 4-9所示。

表 4-2　各控件属性值表

对 象 名	属 性 名	属 性 值
Form1	Caption	登录窗口
	AutoSize	. T.
Label1	Caption	人事工资管理系统
	FontBold	. T.
	FontName	楷体
	FontSize	24
	ForeColor	0,0,255
Label2	AutoSize	. T.
	Caption	操作员
	FontName	黑体
	FontSize	12
Label3	AutoSize	. T.
	Caption	口 令
	FontName	黑体
	FontSize	12
Label4	AutoSize	. T.
	Caption	欢迎使用人事工资管理系统 v1.0!
	FontBold	. T.
	FontName	华文新魏
	FontSize	16
	ForeColor	0,0,255
Text1	FontSize	12
Text2	FontSize	12
Command1	Caption	确定
	FontName	黑体
	FontSize	16
Command2	Caption	退出
	FontName	黑体
	FontSize	16
Timer1	Interval	100

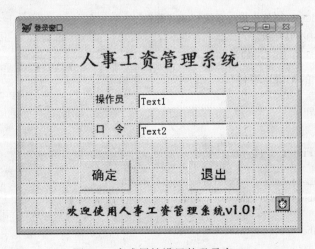

图 4-9　完成属性设置的登录窗口

步骤 6：编写以下各控件的事件代码。

1) Form1 的 Init 事件

```
SET  EXACT  ON                &&设置精确比较
PUBLIC  i                     &&公共变量,记录登录次数
i = 1
Thisform.Label4.left = Thisform.Width
Thisform.Text1.Setfocus
```

2) Command1 的 Click 事件

```
i = i + 1
IF  USED("operator.dbf")      &&判断表 operator 是否已打开
    SELECT  operator
ELSE
    USE  operator
ENDIF
*将指针定位于 Text1 文本框所指定的记录*
LOCATE  FOR  ALLTRIM(操作员姓名) == ALLTRIM(Thisform.Text1.Value)
DO  CASE
    CASE  i<= 3  .AND.  FOUND()  .AND. ;
         ALLTRIM(operator.口令) == ALLTRIM(Thisform.Text2.Value)
      DO  FORM  main.scx
      Thisform.Release
    CASE  i<= 3  .AND. FOUND( ) .AND. ;
         ALLTRIM(operator.口令) != ALLTRIM(Thisform.Text2.Value)
      = MESSAGEBOX("密码错误,请重新输入!",0,"警告")
      Thisform.Text2.Value = ""
      Thisform.Text2.Setfocus
    CASE  i<= 3  .AND.  .NOT.  FOUND( )
        = MESSAGEBOX("操作员姓名错误,请重新输入!",0,"警告")
        Thisform.Text1.Value = ""
        Thisform.Text2.Value = ""
        Thisform.Text1.Setfocus
    CASE  i > 3
        = MESSAGEBOX("禁止进入系统!",0,"警告")
        Thisform.Release
ENDCASE
```

3) Command2 的 Click 事件

```
Thisform.Release
CLEAR  EVENTS
```

4) Timer1 的 Timer 事件

```
IF  Thisform.Label4.Left < - Thisform.Label4.Width
    Thisform.Label4.Left = Thisform.Width
ELSE
    Thisform.Label4.Left = Thisform.Label4.Left - 5
ENDIF
```

5) Form1 的 Unload 事件

```
RELEASE  i                        && 释放内存变量 i
SET  EXACT  OFF
RELEASE  Thisform
CLOSE  DATABASE
```

步骤 7：单击【文件】菜单下的【保存】命令，在弹出的【另存为】对话框中输入文件名 "denglu.scx"，保存文件，任务 8 完成。

4.1.4　任务 8 归纳总结

任务 8 是利用表单设计器设计应用系统登录表单，设计过程为：新建表单文件，打开【表单设计器】；将数据源添加到表单的数据环境设计器中；然后通过【表单控件】工具栏将该表单需要的各控件添加到设计器中，在任务 8 中，使用了"标签"、"文本框"、"命令按钮"、"计时器"控件，其中"标签"用于在表单中生成固定的说明性的文本，"文本框"用于表单运行时录入文本信息，"命令按钮"则在表单运行时触发事件而激活相应命令，"计时器"用于表单运行时每隔固定时间自动触发相应事件；添加完控件后，需要修改各控件的属性，确定表单的外观形式；然后编写各控件的事件代码，最后保存并运行表单。

4.1.5　知识点拓展

1. 编辑框控件

编辑框（Edit）用于显示和接收用户输入的多行文本。

常用属性：

➤ SelLength：指定或返回编辑框内选定的字符数目。

➤ SelStart：指定或返回所选文本的起始位置或插入位置。

➤ SelText：返回编辑框中选定的文本。

2. 命令按钮组控件

命令按钮组（Commandgroup）是一个容器控件，其中可以包含多个命令按钮，用户可整体操作该命令按钮组，也可对其中的每一个命令按钮分别进行操作。

常用属性：

➤ ButtonCount：用于设置命令按钮组中所含命令按钮的个数。

➤ Value：用于设置当前选定命令按钮组中命令按钮的序号。

4.2　任务 9　利用表单向导设计人事表维护表单

4.2.1　任务 9 介绍

在人事工资管理系统中经常对人事信息进行添加、删除、更改、查询等常规操作，而表单向导为快速建立表单提供了简单的方法，并且其创建的表单操作界面能够实现大部分的日常操作。任务 9 是利用表单向导建立人事表信息维护表单（rsb_wh.scx），可对人事表（rsb.dbf）进行记录的浏览、添加、删除、修改及查找等操作。

4.2.2　任务9分析

打开表单向导的方法如下。

方法1：

单击【文件】菜单下的【新建】命令，在弹出的【新建】对话框中单击【表单】单选按钮，然后单击【向导】按钮。

方法2：

单击【工具】菜单下的【向导】命令，在弹出的级联菜单中选择【表单】命令。

方法3：

单击主窗口【常用】工具栏中的【表单】📖按钮。

4.2.3　任务9实施步骤

步骤1：单击【文件】菜单下的【新建】命令，在弹出的【新建】对话框中选中【表单】单选按钮，然后单击【向导】按钮，弹出【向导选取】对话框，如图4-10所示。

图4-10　【向导选取】对话框

步骤2：在【向导选取】对话框中选择【表单向导】，单击【确定】命令按钮，弹出【表单向导】→【步骤1-字段选取】对话框，如图4-11所示。

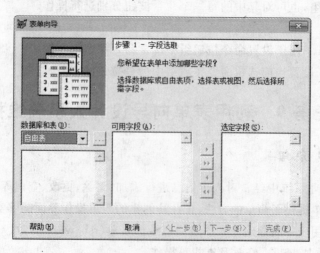

图4-11　表单向导步骤1

步骤 3：单击【步骤 1-字段选取】对话框中【数据库和表】的选择按钮 ┈，在弹出的【打开】对话框中选择 rsb.dbf 表文件，并单击【确定】按钮；在【可用字段】列表框中依次选择需要的字段，利用添加 ▸ 按钮添加到右侧的【选定字段】列表框中，如需要所有字段，可直接单击全部添加 ▸▸ 按钮，然后单击【下一步】按钮，弹出【表单向导】→【步骤 2-选择表单样式】对话框，如图 4-12 所示。

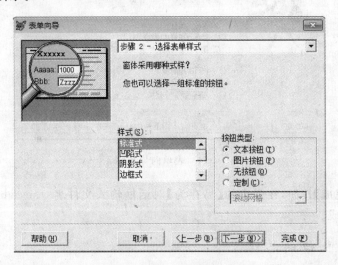

图 4-12　表单向导步骤 2

步骤 4：在【步骤 2-选择表单样式】对话框中的【样式】列表框中选择【浮雕式】，单击【下一步】按钮，弹出【表单向导】→【步骤 3-排序次序】对话框，如图 4-13 所示。

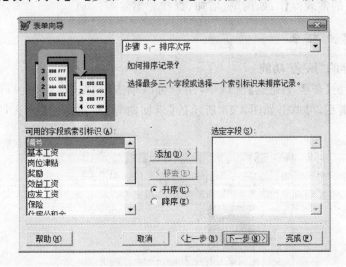

图 4-13　表单向导步骤 3

步骤 5：本例中没有对记录进行排序，所以在【步骤 3-排序次序】对话框中直接单击【下一步】按钮，弹出【表单向导】→【步骤 4-完成】对话框，如图 4-14 所示。

步骤 6：在【步骤 4-完成】对话框中的【请输入表单标题】文本框中输入表单的标题"人事

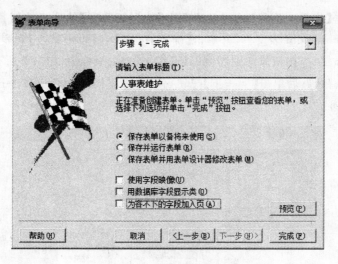

图 4-14　表单向导步骤 4

表维护",单击【完成】按钮,在弹出的【另存为】对话框输入文件名"rsb_wh. scx"保存文件,任务 9 的设计完成。

4.2.4　任务 9 归纳总结

完成任务 9 使用的是表单向导,即按照规定的步骤完成所要求的设计。表单向导包括如下步骤:步骤 1 是从数据源中选择用于显示的字段;步骤 2 是选择表单的样式;步骤 3 是选择排序的字段;步骤 4 是设置表单的标题完成表单的设计。使用表单向导设计的表单能实现对数据表的常规操作,如浏览、增加、查找和删除等。

4.2.5　知识点拓展

1. 表单向导的"预览"功能

在表单向导的【步骤 4-完成】窗口中,用户可以单击【预览】命令按钮,预览制作完成的表单效果,如不满意,可单击如图 4-15 所示的【返回向导】按钮返回【表单向导】对话框进行重新设置。

图 4-15　表单预览效果图

2. 利用表单向导生成图片按钮式的表单

可利用表单向导建立如图 4-16 所示的表单(operator. scx),用于对操作员表(operator

.dbf)进行记录的浏览、添加、删除、修改及查找等操作。若设置命令按钮是图片式按钮,只需要在【表单向导】→【步骤 2-选择表单样式】对话框(如图 4-12 所示)中,选择【按钮类型】为【图片按钮】即可。

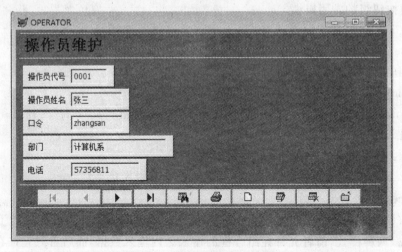

图 4-16　操作员表单效果图

3. 一对多表单向导

如果需要在使用向导设计的表单中显示多个数据表的信息,可以在【向导选取】对话框中选择【一对多表单向导】,一对多表单向导的数据源分为父表和子表,步骤 1 为从父表选择显示字段,步骤 2 为从子表选择显示字段,步骤 3 为建立父表与子表之间的联系,步骤 4 为选择表单样式,步骤 5 为设置排序次序,步骤 6 为设置表单标题,完成表单设计。

4.3　任务 10　利用表单设计器设计人事信息查询表单

4.3.1　任务 10 介绍

人事信息查询表单(rs_cx.scx)用于从人事表(rsb.dbf)中查询相关信息,通过选择姓名、性别、职称或部门字段,并进一步设置查询条件,进行记录的查询。

4.3.2　任务 10 分析

人事信息查询表单的数据源为人事表(rsb.dbf),查询类别可以从姓名、性别、职称或部门中任意选择一种,这可通过选项按钮组(Optiongroup)实现;因为查询类别是动态变化的,所以选中某一字段后,通过一个标签(Label)显示当前选中的字段名,并同时将该字段的不同属性值列在一个下拉式列表框(Combo)中,可从列表框中选择某一具体属性值,单击【查询】命令按钮,即可显示对应类别该属性值的记录信息;本任务中将查询的结果放在表格(Grid)中显示。为了保证表单的可读性,在选项按钮组及标签上方各加一个标签用于提示,标题分别为"请选择查询类别:"和"请设置查询条件:"。

本任务中用到以下 3 个控件。

1. 选项按钮组控件

选项按钮组(Optiongroup)即单选按钮组,里面可以包含多个单选按钮,选项按钮组中同一时间只能选中其中一个选项按钮。

1) 选项按钮组的常用属性

➢ ButtonCount:用于设置选项按钮组中所含选项的数目。

➢ Value:指定选项按钮组中选中的选项。

选项按钮的常用属性如下。

➢ Caption:表示选项按钮的标题。

➢ Alignment:表示文本的对齐方式,共有"0-左(默认值)"及"1-右"两种对齐方式。

2) 常用事件

➢ Click:单击选项按钮时触发该事件。

➢ InteractiveChange:切换选项按钮组中的选项时触发该事件。

2. 组合框控件

组合框(Combo)提供一组选项,用户可从中选择一项或多项。组合框分为下拉组合框和下拉列表框两种样式,前者允许在组合框的输入区内输入数据,而后者只允许在组合框的下拉列表框中选取数据。

组合框的常用属性如下。

➢ RowSource:指定组合框控件的数据源。

➢ RowSourceType:指定组合框控件的数据源的类型。

➢ Style:设置组合框的样式,0为下拉组合框,2为下拉列表框。

➢ Value:返回组合框中被选中的条目。

➢ Selected:指定组合框中某条目选中与否。

3. 表格控件

表格(Grid)控件通常是将表中的数据或查询的结果显示出来,即将数据以表格的形式展现,它属于容器控件。

常用的表格属性如下。

➢ RecordSourceType:指定表格数据源的类型。

➢ RecordSource:指定表格数据源。

➢ ReadOnly:指定用户是否可编辑控件。

4.3.3 任务 10 实施步骤

步骤 1:单击【文件】菜单下的【新建】命令,在弹出的【新建】对话框中选中【表单】单选按钮,然后单击【新建文件】按钮,打开【表单设计器】窗口,如图 4-6 所示。

步骤 2:单击【显示】菜单下的【数据环境】命令,将 rsb.dbf 表添加到当前表单的【数据环境设计器】中。

步骤 3:在【表单设计器】中通过【表单控件】工具栏添加三个标签、一个选项按钮组、一个组合框、一个表格及两个命令按钮控件,如图 4-17 所示。

步骤 4:设置各控件属性值,如表 4-3 所示,设置后的效果如图 4-18 所示。

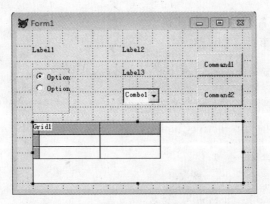

图 4-17　添加控件后的表单设计器

表 4-3　各控件属性值表

对　象　名	属　性　名	属　性　值
Form1	Caption	数据查询
Label1	AutoSize	. T.
	Caption	请选择查询类别:
	FontSize	12
Label2	AutoSize	. T.
	Caption	请设置查询条件:
	FontSize	12
Label3	AutoSize	. T.
	Caption	
	FontSize	12
Optiongroup1	AutoSize	. T.
	ButtonCount	4
Combo1	RowSourceType	3-SQL 说明
	Style	2-下拉列表框
Command1	Caption	查询
Command2	Caption	退出
Grid1	RecordSourceType	4-SQL 说明
	Visible	. F.

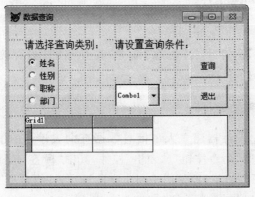

图 4-18　完成属性设置的数据查询窗口

步骤 5：编写以下各控件的事件代码。

1）Form1 的 Init 事件

```
kk = ALLTRIM(Thisform.Optiongroup1.Option1.Caption)
Thisform.Label3.Caption = kk
Thisform.Combo1.Rowsource = "SELECT  DISTINCT  &kk  FROM  rsb  INTO  CURSOR  lsb"
```

2）Optiongroup1 的 InteractiveChange 事件

```
Thisform.Combo1.Enabled = .T.
DO  CASE
    CASE  This.Value = 1
        Thisform.Label3.Caption = "姓名"
        Thisform.Combo1.Rowsource = "SELECT  DISTINCT  姓名  FROM  rsb  INTO  CURSOR  lsb"
    CASE  This.Value = 2
        Thisform.Label3.Caption = "性别"
        Thisform.Combo1.Rowsource = "SELECT  DISTINCT  性别  FROM  rsb  INTO  CURSOR  lsb"
    CASE  This.Value = 3
        Thisform.Label3.Caption = "职称"
        Thisform.Combo1.Rowsource = "SELECT  DISTINCT  职称  FROM  rsb  INTO  CURSOR  lsb"
    CASE  This.Value = 4
        Thisform.Label3.Caption = "部门代码"
        Thisform.Combo1.Rowsource = "SELECT  DISTINCT  部门代码  FROM  rsb  INTO  CURSOR;
  lsb"
ENDCASE
Thisform.Refresh
```

3）Command1 的 Click 事件

```
IF  USED("rsb.dbf")
    SELECT  rsb
ELSE
    USE  rsb
ENDIF
zd = Thisform.Label3.Caption
tj = ALLTRIM(Thisform.Combo1.Value)
Thisform.Grid1.Recordsource = "SELECT  *  FROM  rsb  WHERE  &zd = tj    INTO  CURSOR  lsb"
Thisform.Grid1.Visible = .T.
Thisform.Combo1.Enabled = .F.
Thisform.Refresh
```

4）Command2 的 Click 事件

```
Thisform.Release
```

步骤 6：单击【文件】菜单下的【保存】命令，在弹出的【另存为】对话框中输入文件名"rs_cx.scx"，保存文件，任务 10 完成。

4.3.4 任务 10 归纳总结

任务 10 是利用表单设计器建立人事信息数据查询表单，在此任务中，应用了"标签"、"选项按钮组"、"组合框"、"命令按钮"、"表格"控件，其中"标签"控件用于在表单中生成固定的说明性的文本；"选项按钮组"控件用于列出字段选项；"组合框"控件用于列出选择不同查询类别时所对应的字段值；"命令按钮"控件则在表单运行时触发事件而激活相应命令；

"表格"控件用于表单运行时显示查询结果的信息，数据源 RecordSource 由数据源类型 RecordSourceType 决定。

4.3.5　知识点拓展

1. 列表框控件

列表框(List)提供一组选项，用户可从中选择一项或多项，当列表框中选项比较多时，可通过拖动滚动条查看各选项。组合框的常用属性对于列表框同样适用，但组合框一次只能选择其中的一个选项，而列表框可通过指定 MultiSelect 属性实现多重选定。

2. 工资查询表单

人事工资管理系统中的工资查询表单(gz_cx.scx)功能如下：表单运行时输入员工姓名，单击【查询】按钮即可在表格中显示该员工的工资信息。运行界面如图 4-19 所示。

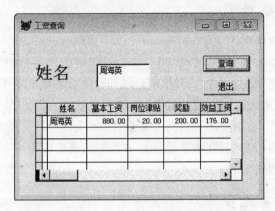

图 4-19　工资查询表单

主要设置如下。

(1)【表格】控件的 RecordSourceType 属性值为：4-SQL 说明。

(2)【查询】按钮的 Click 事件代码为：

```
CLOSE   ALL
IF  USED("rsb.dbf")
    SELECT  rsb
ELSE
    USE  rsb
ENDIF
IF  USED("gzb.dbf")
    SELECT  gzb
ELSE
    USE  gzb
ENDIF
xm = ALLTRIM(Thisform.Text1.Value)
Thisform.Grid1.Recordsource = "SELECT Rsb.姓名, Gzb.基本工资, Gzb.岗位津贴,;
  Gzb.奖励, Gzb.效益工资, Gzb.应发工资, Gzb.保险, Gzb.住房公积金,;
  Gzb.实发工资 FROM  dbrsgz!rsb INNER JOIN dbrsgz!gzb ;
  ON  Rsb.编号 = Gzb.编号 where rsb.姓名 = Thisform.Text1.Value into cursor lsb "
Thisform.Grid1.Visible = .T.
Thisform.Refresh
```

（3）【退出】按钮的 Click 事件代码为：

```
Thisform.Release
```

4.4 任务 11 利用表单设计器设计工资统计表单

4.4.1 任务 11 介绍

任务 11 是实现工资统计表单(gz_tj.scx)，功能为：用户选择某种关系运算，然后在对应的文本框中输入统计值，单击【统计】按钮统计出指定工资范围内的人数和符合统计条件的员工的姓名、编号和基本工资等字段信息；单击【退出】按钮关闭表单。

4.4.2 任务 11 分析

工资统计表单的数据源为人事表(rsb.dbf)和工资表(gzb.dbf)，该表单用于统计不同工资范围内的人数。首先需要一个【标签】控件显示固定的提示信息"基本工资"，然后通过【组合框】内列表的不同情况（小于、大于、等于、介于）动态生成相应数量的【文本框】，在【文本框】中输入具体的工资数值，单击【查询】命令按钮生成查询的结果，可将统计结果的人数显示在一个【标签】控件中，相应的具体员工信息显示在【表格】中，最后用【退出】按钮退出表单的统计操作。根据以上分析，在表单设计器中需插入两个标签、一个组合框、两个文本框、两个命令按钮和一个表格控件。

4.4.3 任务 11 实施步骤

步骤 1：单击【文件】菜单下的【新建】命令，在弹出的【新建】对话框中选中【表单】单选按钮，然后单击【新建文件】按钮，打开【表单设计器】窗口，如图 4-6 所示。

步骤 2：单击【显示】菜单下的【数据环境】命令，将 rsb.dbf 表和 gzb.dbf 表添加到当前表单的【数据环境设计器】中。

步骤 3：在【表单设计器】中通过【表单控件】工具栏添加两个标签、一个组合框、两个文本框、一个表格及两个命令按钮控件，如图 4-20 所示。

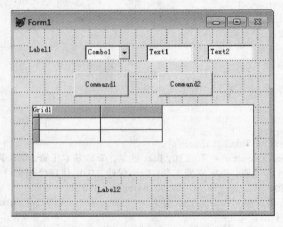

图 4-20 添加控件后的表单设计器

步骤 4：设置各控件的属性值，如表 4-4 所示，设置后的效果如图 4-21 所示。

表 4-4　各控件属性值表

对　象　名	属　性　名	属　性　值
Form1	Caption	工资统计
Label1	AutoSize	.T.
	Caption	基本工资
	FontSize	12
Label2	AutoSize	.T.
	Caption	
	FontSize	12
	Visible	.F.
Combo1	Style	2-下拉列表框
	RowSourceType	1-值
	RowSource	等于,小于,大于,介于
Text1,Text2	Visible	.F.
Command1	Caption	统计
Command2	Caption	退出
Grid1	RecordSourceType	4-SQL 说明
	Visible	.F.

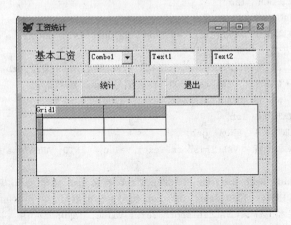

图 4-21　完成属性设置的数据查询窗口

步骤 5：编写以下各控件的事件代码。

1) Combo1 的 InteractiveChange 事件

```
DO  CASE
    CASE  This.Value = "等于"
        Thisform.Text1.Visible = .T.
        Thisform.Text2.Visible = .F.
    CASE  This.Value = "大于"
        Thisform.Text1.Visible = .T.
        Thisform.Text2.Visible = .F.
    CASE  This.Value = "小于"
```

Visual FoxPro 表单设计

```
        Thisform.Text1.Visible = .T.
        Thisform.Text2.Visible = .F.
    CASE  This.Value = "介于"
        Thisform.Text1.Visible = .T.
        Thisform.Text2.Visible = .T.
ENDCASE
```

2) Command1 的 Click 事件

```
Thisform.Grid1.Visible = .T.
tj = Thisform.Combo1.Value
DO  CASE
  CASE  tj = "等于"
      Thisform.Grid1.RecordSource = "SELECT  rsb.姓名, gzb.编号, gzb.基本工资;
       FROM  gzb  INNER  JOIN  rsb  ON  rsb.编号 = gzb.编号;
         WHERE  基本工资 = VAL(Thisform.Text1.Value);
           INTO  CURSOR  lsb"
      SELECT  COUNT( * )  FROM  gzb;
         WHERE  基本工资 = VAL(Thisform.Text1.Value)  INTO  ARRAY  a
  CASE  tj = "大于"
      Thisform.Grid1.RecordSource = "SELECT  rsb.姓名,gzb.编号,gzb.基本工资;
       FROM  gzb  INNER  JOIN  rsb  ON  rsb.编号 = gzb.编号;
         WHERE  基本工资 > VAL(Thisform.Text1.Value);
           INTO  CURSOR  lsb"
      SELECT  COUNT( * )  FROM  gzb;
         WHERE  基本工资 > VAL(Thisform.Text1.Value)  INTO  ARRAY  a
  CASE  tj = "小于"
      Thisform.Grid1.RecordSource = "SELECT  rsb.姓名,gzb.编号,gzb.基本工资;
       FROM  gzb  INNER  JOIN  rsb  ON  rsb.编号 = gzb.编号;
         WHERE  基本工资 < VAL(Thisform.Text1.Value);
           INTO  CURSOR  lsb"
      SELECT  COUNT( * )  FROM  gzb;
         WHERE  基本工资 < VAL(Thisform.Text1.Value)  INTO  ARRAY  a
  CASE  tj = "介于"
      Thisform.Grid1.RecordSource = "SELECT rsb.姓名,gzb.编号,gzb.基本工资;
       FROM  gzb  INNER  JOIN  rsb  ON  rsb.编号 = gzb.编号;
         WHERE  基本工资 > = VAL(Thisform.Text1.Value)  AND;
           基本工资 < = VAL(Thisform.Text2.Value)  INTO  CURSOR  lsb"
      SELECT  COUNT( * )  FROM  gzb;
         WHERE  基本工资 > = VAL(Thisform.Text1.Value)  AND;
           基本工资 < = VAL(Thisform.Text2.Value)  INTO  ARRAY  a
ENDCASE
Thisform.Label2.Visible = .T.
Thisform.Label2.Caption = "基本工资满足条件的共计：" + STR(a(1),4) + '人'
```

3) Command2 的 Click 事件

```
Thisform.Release
```

步骤 6：单击【文件】菜单下的【保存】命令，在弹出的【另存为】对话框中输入文件名 "gz_tj.scx"，保存文件，任务 11 完成。

4.4.4 任务 11 归纳总结

任务 11 是利用表单设计器建立工资统计表单,在此任务中,应用了"标签"、"组合框"、"文本框"、"命令按钮"、"表格"控件,各控件的用途类似于任务 8 与任务 10,在此不再赘述。

4.4.5 知识点拓展

人事工资管理系统中经常需要按某种类别进行各种统计操作,例如统计不同职称基本工资的平均值和最大值,如图 4-22 所示的分组统计表单(fz_tj.scx)即实现了此种统计操作。

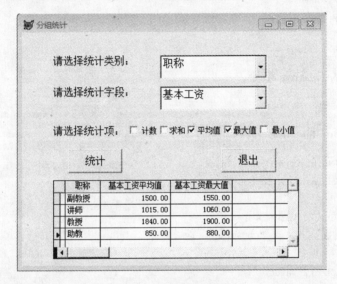

图 4-22　分组统计表单

分组统计表单中需要三个标签控件,两个组合框控件,五个复选框控件,两个命令按钮控件和一个表格控件。

主要属性如表 4-5 所示。

表 4-5　各控件属性值表

对　象　名	属　性　名	属　性　值
Form1	Caption	分组统计
Label1	Caption	请选择统计类别:
Label2	Caption	请选择统计字段:
Label3	Caption	请选择统计项:
Combo1	Style	2-下拉列表框
	RowSourceType	1-值
	RowSource	性别,工作日期,职称,部门代码,婚否
Combo2	Style	2-下拉列表框
	RowSourceType	1-值
	RowSource	基本工资,岗位津贴,奖励,效益工资,应发工资,保险,住房公积金,实发工资

对 象 名	属 性 名	属 性 值
Check1~5	Caption	计数|求和|平均值|最大值|最小值
	AutoSize	.T.
Command1	Caption	统计
Command2	Caption	退出
Grid1	Visible	.F.

主要事件代码如下。

(1) Form1 的 Init 事件。

```
OPEN DATABASE dbrsgz
```

(2) Form1 的 Destroy 事件。

```
CLOSE DATABASE
```

(3) Command1 的 Click 事件。

```
tjlb = ALLTRIM(Thisform.Combo1.Value)
tjzd = ALLTRIM(Thisform.Combo2.Value)
zdlb = tjlb
IF  Thisform.Check1.Value = 1
    zdlb = zdlb + "," + "COUNT(*)  AS  人数"
ENDIF
IF  Thisform.Check2.Value = 1
    zdlb = zdlb + "," + "SUM(&tjzd)  AS  &tjzd.和"
ENDIF
IF  Thisform.Check3.Value = 1
    zdlb = zdlb + "," + "AVG(&tjzd)  AS  &tjzd.平均值"
ENDIF
IF  Thisform.Check4.Value = 1
    zdlb = zdlb + "," + "MAX(&tjzd)  AS  &tjzd.最大值"
ENDIF
IF  Thisform.Check5.Value = 1
    zdlb = zdlb + "," + "MIN(&tjzd)  AS  &tjzd.最小值"
ENDIF
Thisform.Grid1.Visible = .T.
Thisform.Grid1.RecordSourceType = 4
Thisform.Grid1.RecordSource = "SELECT &zdlb  FROM  rsb;
  INNER JOIN gzb ON rsb.编号 = gzb.编号 GROUP  BY  &tjlb;
  INTO  CURSOR  lsb"
Thisform.Refresh
```

(4) Command2 的 Click 事件。

```
Thisform.Release
```

4.5 实训任务 销售管理系统中登录、查询、统计表单的创建

实训目的:

(1)掌握控件的属性及其意义。

(2)掌握常用的事件。

(3)掌握表单的设计、调试和运行。

实训内容:

(1)创建登录表单 check. scx。要求:在文本框中输入正确的用户名和密码,即可登录到主表单;若用户名或密码有误则弹出相应的报错信息,若连续登录三次用户名或密码仍有错误,则不允许登录。登录表单的运行界面如图 4-23 所示。

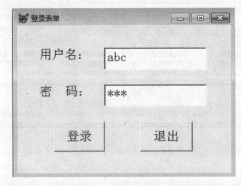

图 4-23 登录表单运行界面

(2)创建主表单 main. scx。要求:该表单背景为一张图片"123. jpg",并需加载为顶层表单。主表单的运行界面如图 4-24 所示。

图 4-24 主表单运行界面

81

第4章

Visual FoxPro 表单设计

（3）创建客户信息管理表单 customer. scx。要求：该表单含有一个【页框】控件，该页框控件共含两个页面，第一个页面可用于对客户表的信息进行浏览、添加、更改和删除操作，运行界面如图 4-25 所示；第二个页面可用于对客户信息进行查询，运行界面如图 4-26 所示。

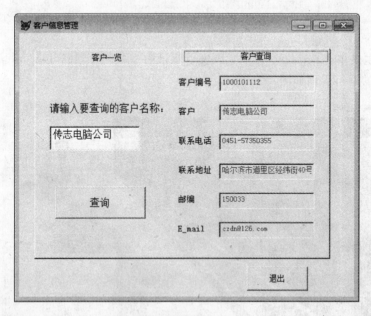

图 4-25　客户一览运行界面

图 4-26　客户查询运行界面

（4）创建产品信息管理表单 product. scx。要求：该表单含有一个命令按钮组控件和一个表格控件，该表单可用于显示、添加、更改和删除"产品信息表"（products. dbf）中的信息。"产品信息管理"表单的运行界面如图 4-27 所示。

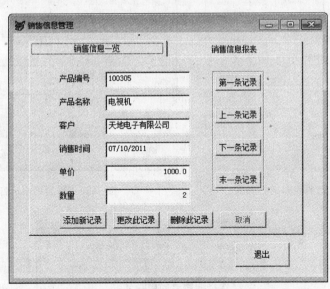

图 4-27 产品信息管理运行界面

（5）创建销售信息管理表单 sell.scx。要求：该表单含有一个页框控件,该页框控件共含两个页面,第一个页面可对销售信息(视图 1)进行浏览、添加、更改和删除操作,运行界面如图 4-28 所示；第二个页面可按不同字段的排序预览或打印对应的数据报表,运行界面如图 4-29 所示。

图 4-28 销售信息一览运行界面

（6）创建修改密码表单 xgmm.scx。要求：在表单的文本框中输入用户名、原密码、新密码及确认新密码,单击【确定】按钮即可实现对用户表(user.dbf)中用户密码的修改操作。"修改密码"表单的运行界面如图 4-30 所示。

（7）创建增删用户表单 zsyh.scx。要求：该表单含有一个页框控件,该页框控件共含两个页面,第一个页面用于在文本框中输入用户名、密码、确认密码及权限等级后,单击【确定】按钮即可添加新用户,运行界面如图 4-31 所示；第二个页面用于在组合框中选择某一用户,单击【确定】按钮即可删除该用户,运行界面如图 4-32 所示。

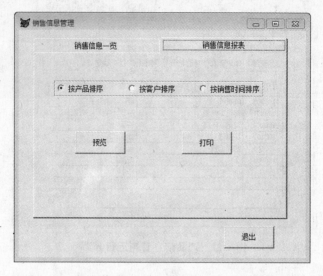

图 4-29   销售信息报表运行界面

图 4-30   修改密码表单运行界面

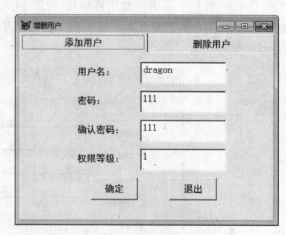

图 4-31   添加用户运行界面

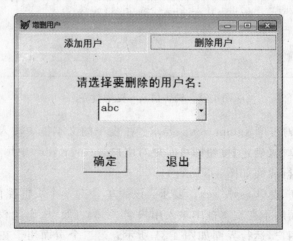

图 4-32   删除用户运行界面

习 题 4

一、选择题

1. 以下属于容器类控件的是（　　）。

    A) Text　　　　　　B) Form　　　　　　C) Label　　　　　　D) CommandButton

2. 在 Visual FoxPro 中，下面关于属性、方法和事件的叙述错误的是（　　）。

    A) 属性用于描述对象的状态，方法用于表示对象的行为

    B) 基于同一个类产生的两个对象可以分别设置自己的属性值

    C) 事件代码也可以像方法一样被显式调用

    D) 在创建一个表单时，可以添加新的属性、方法和事件

3. 在 Visual FoxPro 中，用于设置表单标题的属性是（　　）。

    A) Text　　　　　　B) Title　　　　　　C) Lable　　　　　　D) Caption

4. 要想定义标签控件的 Caption 属性值的字体大小，需定义标签的（　　）。

    A) FontSize 属性　　B) Caption 属性　　C) Heigh 属性　　D) AutoSize 属性

5. 下面的（　　）控件在运行时不可见，用于后台运行。

    A) 表格　　　　　　B) 形状　　　　　　C) 计时器　　　　　　D) 列表框

6. 在表单中为表格控件指定数据源的属性是（　　）。

    A) DataSource　　B) DataFrom　　C) RecordSource　D) RecordFrom

7. 在 Visual FoxPro 中，假设表单上有一选项组：〇男◉女，初始时该选项组的 Value 属性值为 1。若选项按钮"女"被选中，该选项组的 Value 属性值是（　　）。

    A) 1　　　　　　　　B) 2　　　　　　　　C) "女"　　　　　　D) "男"

8. 设置文本框显示内容的属性是（　　）。

    A) Value　　　　　B) Caption　　　　　C) Name　　　　　D) InputMask

9. 为了隐藏在文本框中输入的信息，用占位符代替显示用户输入的字符，需要设置的属性是（　　）。

    A) Value　　　　　　　　　　　　B) ControlSource

    C) InputMask　　　　　　　　　　D) PasswordChar

10. 在设计界面时，为提供多选功能，通常使用的控件是（　　）。

    A) 选项按钮组　　B) 一组复选框　　C) 编辑框　　　　D) 命令按钮组

11. 为了使表单界面中的控件不可用，需将控件的某个属性设置为假，该属性是（　　）。

    A) Default　　　　B) Enabled　　　　C) Use　　　　　D) Enuse

12. 下面关于列表框和组合框的陈述中，正确的是（　　）。

    A) 列表框可以设置成多重选择，而组合框不能

    B) 组合框可以设置成多重选择，而列表框不能

    C) 列表框和组合框都可以设置成多重选择

    D) 列表框和组合框都不能设置成多重选择

13. 将当前表单从内存中释放的正确语句是（　　）。

    A) ThisForm. Close　　　　　　B) ThisForm. Clear

Visual FoxPro 表单设计

  C) ThisForm. Release   D) ThisForm. Refresh

 14. 关闭和释放表单的方法是( )。

  A) shut   B) closeForm   C) release   D) close

 15. 表单文件的扩展名是( )。

  A) frm   B) prg   C) scx   D) vcx

 16. 假设某个表单中有一个复选框 CheckBox1 和一个命令按钮 Command1,如果要在 Command1 的 Click 事件代码中取得复选框的值,以判断该复选框是否被用户选择,正确的表达式是( )。

  A) This. CheckBox1. Value   B) ThisForm. CheckBox1. Value

  C) This. CheckBox1. Selected   D) ThisForm. CheckBox1. Selected

 17. 为了使命令按钮在界面运行时显示"运行",需要设置该命令按钮的( )属性。

  A) Text   B) Title   C) Display   D) Caption

二、填空题

1. 可以使编辑框的内容处于只读状态的两个属性是 ReadOnly 和_____。

2. 在表单设计中,关键字_____表示当前对象所在的表单。

3. 文本框的_____属性设置为"*"时,用户输入的字符在文本框内显示为"*",但属性 Value 中仍保存输入的字符串。

4. 计时器(Timer)控件中设置时间间隔的属性为 Interval 和定时发生的事件为_____。

5. 在将设计好的表单存盘时,系统将生成扩展名分别是 SCX 和_____的两个文件。

6. 在 Visual FoxPro 中为表单指定标题的属性是_____。

7. 用当前窗体的 Label1 控件显示系统时间的语句是 Thisform. Label1._____ = TIME( )。

8. 在表单中确定控件是否可见的属性是_____。

9. 在 Visual FoxPro 表单中,当用户使用鼠标单击命令按钮时,会触发命令按钮_____事件。

10. 为将一个表单定义为顶层表单,需要设置的属性是_____。

11. 在 Visual FoxPro 中运行表单的命令是_____。

12. 为了使表单在运行时居中显示,应该将其_____属性设置为逻辑真。

13. 为了使表单运行时能够输入密码应该使用_____控件。

第5章　Visual FoxPro 菜单设计

本章导读

菜单是用户和应用程序的接口,使用菜单可帮助用户了解程序中的功能模块,它反映了应用程序的界面友好性。本章介绍如何使用菜单设计器设计菜单。本章完成的具体任务说明如下。

任务 12　利用菜单设计器设计条形菜单

利用菜单设计器建立"人事工资管理系统"主菜单(maincd.mnx),创建后的应用程序菜单如图 5-1 所示。

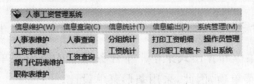

图 5-1　任务 12 效果图

任务 13　人事工资管理系统 main 表单调用条形菜单

可利用主表单(main.scx)调用"人事工资管理系统"主菜单(maincd.mnx),创建后的应用程序菜单如图 5-2 所示。

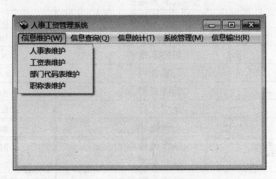

图 5-2　任务 13 效果图

5.1　任务 12　利用菜单设计器设计条形菜单

5.1.1　任务 12 介绍

使用菜单设计器可实现人事工资管理系统主菜单(maincd.mnx)的设计,具体要求:包含 5 个主菜单,信息维护、信息查询、信息统计、信息输出和系统管理,各主菜单下包含多个菜单项,如表 5-1 所示。

表 5-1　人事工资管理系统主菜单

菜 单 标 题	菜 单 项
信息维护(\<W)	人事表维护
	工资表维护
	部门代码表维护
	职称表维护
信息查询(\<Q)	人事查询
	工资查询
信息统计(\<T)	分组统计
	工资统计
信息输出(\<R)	打印工资明细
	打印职工档案卡
系统管理(\<M)	操作员管理
	退出系统

5.1.2　任务 12 分析

菜单有两种:条形菜单和弹出式菜单。本任务建立的条形菜单栏有 5 个菜单标题,每个菜单标题包含若干个菜单项,因此,采用条形菜单设计。

各菜单项的名称和对应要执行的表单、报表或标签文件如表 5-2 所示。

表 5-2　各菜单项对应的文件列表

菜单项编号	菜单项名称	调用的文件
1	人事表维护	rsb_wh. scx
2	工资表维护	gzb_wh. scx
3	部门代码表维护	bmdm_wh. scx
4	职称表维护	zcb_wh. scx
5	人事查询	rs_cx. scx
6	工资查询	gz_cx. scx
7	分组统计	fz_tj. scx
8	工资统计	gz_tj. scx
9	操作员管理	operator. scx
10	退出系统	quit. scx
11	打印工资明细	rsgzb_report. frx
12	打印职工档案卡	rsb_label. lbx

注意:在运行菜单之前,必须先设计出所有表单、报表、标签文件,否则,系统会提示找不到文件。创建步骤在相应章节已做介绍,在此直接调用。

1. 启动菜单设计器

1) 菜单方式

单击【文件】菜单下的【新建】命令,弹出【新建】对话框,选中【菜单】单选项,单击【新建文件】按钮,弹出【新建菜单】对话框。单击【菜单】或【快捷菜单】按钮创建条形菜单或快捷菜单。

2)命令方式

在命令窗口中输入如下命令并执行:

```
CREATE  MENU  <菜单文件名>
```

2. 菜单设计器的功能

➤【菜单名称】列:制定菜单系统中的菜单标题和菜单项。

➤【结果】列:制定在单击菜单标题或菜单项时发生的动作。例如:执行一个命令,打开一个子菜单或运行一个过程。

➤【选项】列:单击该列的 ▨ 按钮,弹出【提示选项】对话框,可以在其中定义键盘快捷键和其他菜单选择。

➤【菜单级】下拉列表框:允许用户选择要处理的菜单或子菜单。

3. 创建菜单的步骤

创建菜单的基本步骤如下。

(1)规划系统。

(2)使用菜单设计器创建菜单和子菜单。

(3)为菜单制定要执行的任务。

(4)保存菜单,生成菜单文件(.mnx)。

(5)生成菜单程序文件(.mpr)。

(6)运行生成的菜单。

4. 菜单的运行

运行菜单有如下两种方式。

1)菜单方式

单击【程序】菜单下的【运行】命令。

2)命令方式

在命令窗口中输入如下命令并执行:

```
DO  <菜单程序文件名>.mpr
```

5.1.3 任务 12 实施步骤

步骤1:单击【文件】菜单下的【新建】命令,在弹出的【新建】对话框中选中【菜单】单选按钮,然后单击【新建文件】按钮,弹出【新建菜单】对话框,如图 5-3 所示。

步骤2:单击【菜单】按钮,弹出【菜单设计器】窗口,在【菜单名称】列依次添加信息维护(\<W)、信息查询(\<Q)、信息统计(\<T)、统计管理(\<M)、信息输出(\<R),在【结果】列都选择【子菜单】。主菜单的构成如图 5-4 所示。

步骤3:单击"信息维护(\<W)"菜单后面的 创建 按钮,弹

图 5-3 【新建菜单】对话框

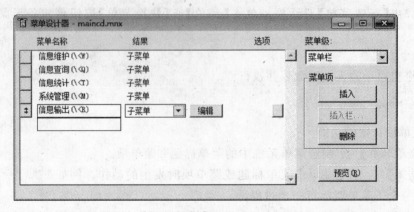

图 5-4 主菜单设计界面

出新的菜单设计器,在【菜单名称】列依次添加"人事表维护"、"工资表维护"、"部门代码表维护"、"职称表维护",【结果】列都选择【命令】,分别添加调用表单的命令如下:

➢ 人事表维护命令:DO FORM rsb_wh

➢ 工资表维护命令:DO FORM gzb_wh

➢ 部门代码表维护命令:DO FORM bmdm_wh

➢ 职称表维护命令:DO FORM zcb_wh

信息维护子菜单的构成如图 5-5 所示。

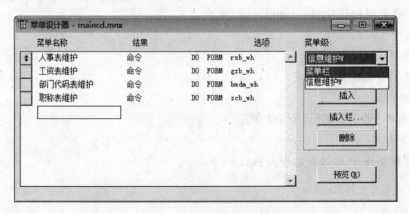

图 5-5 信息维护子菜单

步骤 4:单击右边【菜单级】下拉列表框中的【菜单栏】命令,返回上一级菜单,为信息查询建立子菜单,方法同步骤 3,菜单构成如图 5-6 所示。相关命令如下:

➢ 人事查询命令:DO FORM rs_cx

➢ 工资查询命令:DO FORM gz_cx

步骤 5:单击右边【菜单级】下拉列表框中的【菜单栏】命令,返回上一级菜单,为信息统计建立子菜单,方法同步骤 3,菜单构成如图 5-7 所示。相关命令如下:

➢ 分组统计命令:DO FORM fz_tj

➢ 工资统计命令:DO FORM gz_tj

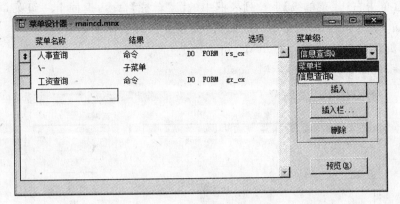

图 5-6　信息查询子菜单

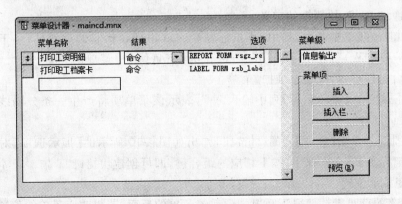

图 5-7　信息统计子菜单

步骤 6：单击右边【菜单级】下拉列表框中的【菜单栏】命令，返回上一级菜单，为信息输出建立子菜单，方法同步骤 3，菜单构成如图 5-8 所示。相关命令如下：

➤ 打印工资明细命令：REPORT　FORM　rsgz_report.frx　TO　PRINTER

➤ 打印职工档案卡命令：LABEL　FORM　rsb_label.lbx　TO　PRINTER

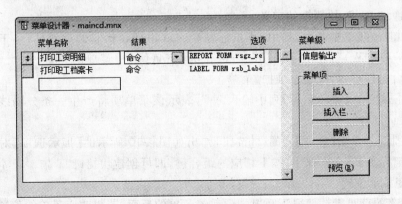

图 5-8　信息输出子菜单

步骤7：单击右边【菜单级】下拉列表框中的【菜单栏】命令，返回上一级菜单，为系统管理建立子菜单，方法同步骤3，菜单构成如图5-9所示。相关命令如下：

> 操作员管理命令：DO　FORM　operator
> 退出系统命令：DO　FORM　quit

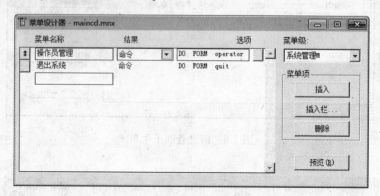

图 5-9　系统管理子菜单

步骤8：单击【文件】菜单下的【保存】命令，在弹出的对话框输入文件名"maincd. mnx"，单击【确定】按钮。

步骤9：单击【菜单】菜单下的【生成】命令，在弹出的对话框输入文件名"maincd. mpr"，单击【确定】按钮。

步骤10：在命令窗口中输入命令：DO maincd. mpr，运行菜单。运行效果如图 5-1 所示。

5.1.4　任务12 归纳总结

任务12采用条形菜单方式，实现了5个主菜单及其所含的各个菜单项的设计，很好地将表单、报表、标签章节的内容连接起来。其中用到了热键和分隔线，起到了美化菜单、增加实用性的作用。

5.1.5　知识点拓展

1. 热键、分隔线、快捷键的定义

（1）热键：在【菜单名称】列中，菜单标题后跟着用括号括起的反斜杠、小于号和字母，如"信息维护(\<W)"，表示字母"W"可以作为【信息维护】菜单的热键，在菜单运行时按 Alt＋W 组合键即可打开【信息维护】菜单。

（2）分隔线：在【菜单名称】列中输入"\-"，表示该菜单项将产生一条分隔线，用于分隔菜单项，增强可读性。

（3）快捷键：单击【选项】列的 ▦ 按钮，弹出如图 5-10 所示的【提示选项】对话框，将鼠标定位在【键标签】的文本框中，按下相应的组合键，即可创建快捷键。

2. 改变菜单位置

用户定义的菜单默认情况下是追加到系统菜单的后面，若想改变菜单的位置，可以选择【显示】菜单下的【常规选项】命令，如图 5-11 所示，在【位置】处选择相应的单选按钮，单击【确定】按钮即可。

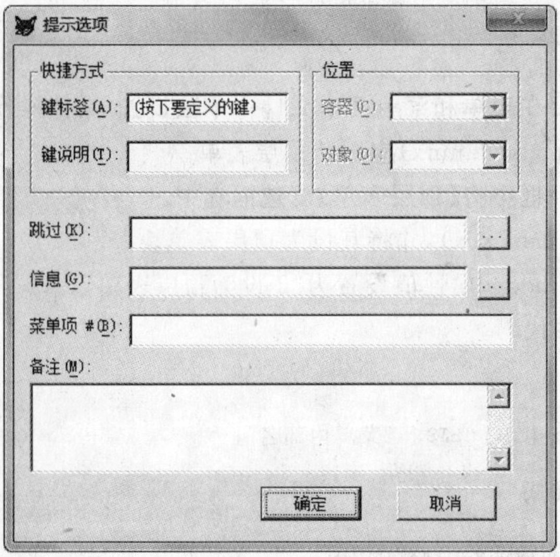

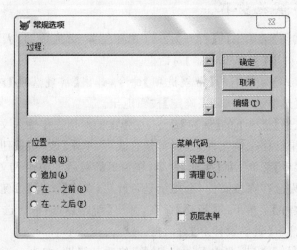

图 5-10 【提示选项】对话框

图 5-11 【常规选项】对话框

3. 恢复系统菜单

用户菜单运行结束后,通常需要恢复系统默认菜单。

恢复系统菜单只需要在命令窗口中执行如下命令即可:

```
SET SYSMENU TO DEFAULT
```

5.2 任务 13 人事工资管理系统 main 表单调用条形菜单

5.2.1 任务 13 介绍

将设计好的"人事工资管理系统"主菜单(maincd.mnx)加载到顶层表单(main.scx)中运行。

5.2.2　任务13分析

表单调用菜单需要在表单和菜单两个文件中单独设置,具体操作步骤如下。

(1) 设置主菜单(maincd. mnx)应用于顶层表单。

在【常规选项】对话框中将【顶层表单】复选框选中。

(2) 创建主表单(main. scx),并将其设为顶层表单。

将表单的 ShowWindow 属性值设置为"2-设为顶层表单"。

(3) 编写表单事件代码。

① Init 事件代码

```
DO  <主菜单名.mpr> WITH  THIS [,"菜单内部名"]
```

② Destroy 事件代码

```
RELEASE  MENU  <菜单内部名> [EXTENDED]
```

5.2.3　任务13实施步骤

步骤1:单击【文件】菜单下的【打开】命令,选择任务12完成的"人事工资管理系统"主菜单(maincd. mnx),弹出【菜单设计器】对话框。

步骤2:单击【显示】菜单下的【常规选项】命令,弹出【常规选项】对话框,如图5-11所示。将【顶层表单】复选框选中,单击【确定】按钮退出。

步骤3:单击【文件】菜单下的【保存】命令,在弹出的对话框中输入文件名"maincd. mnx",单击【确定】按钮,如果已存在该文件,会提示是否改写,单击【改写】按钮。

步骤4:单击【菜单】菜单下的【生成】命令,在弹出的对话框中输入文件名"maincd. mpr",单击【生成】按钮,如果已存在该文件,会提示是否改写,单击【改写】按钮。

步骤5:单击【文件】菜单下的【新建】命令,弹出【新建】对话框。选中【表单】单选框,单击【新建文件】按钮,弹出【表单设计器】对话框。

步骤6:打开【属性】窗口,选中 Form1 对象,修改其属性,如表5-3所示。

表 5-3　Form1 对象的属性设置

属 性 名	属 性 值
Caption	人事工资管理系统
ShowWindows	2-设为顶层表单
Windowstate	2-最大化

步骤7:双击表单空白处,弹出【代码】窗口,选中 Init 事件,添加代码:

```
DO  maincd.mpr  WITH  THIS, "mm"
```

如图5-12所示。

步骤8:选中 Destroy 事件,添加代码:

```
RELEASE  MENU  mm  EXTENDED
```

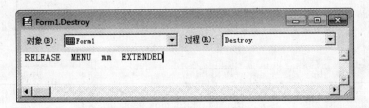

图 5-12　Init 事件代码

如图 5-13 所示。

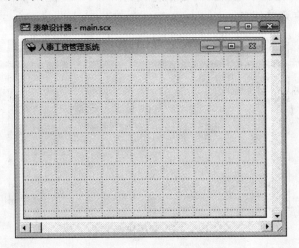

图 5-13　Destroy 事件代码

步骤 9：单击【文件】菜单中的【保存】命令，在输出对话框中输入文件名"main. scx"。保存文件，完成设计后的表单如图 5-14 所示，表单运行效果如图 5-2 所示。

图 5-14　主表单界面

5.2.4　任务 13 归纳总结

任务 13 实现了表单调用菜单的功能，详细说明了如何设置菜单及表单的属性和代码。注意调用菜单和释放菜单的代码需分别添加在表单的 Init 事件和 Destroy 事件中。

5.2.5　知识点拓展

建立一个包含"新建表"和"打开数据库"两个菜单项的快捷菜单，并在主表单中调用该快捷菜单。操作步骤如下。

(1) 创建快捷菜单（kjcd. mnx），其构成如图 5-15 所示。相关命令代码如下：

> 新建表命令：create
> 打开数据库命令：open database

菜单保存后，注意一定要生成 kjcd.mpr 菜单程序文件。

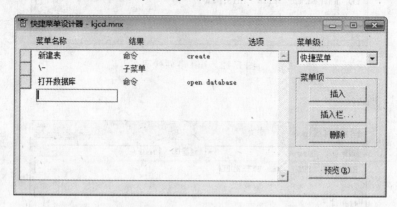

图 5-15 kjcd.mnx 菜单

(2) 编写主表单(main.scx)事件代码。

RightClick 事件代码为：DO kjcd.mpr。

(3) 运行主表单，在表单空白处右击鼠标，会弹出一个快捷菜单，如图 5-16 所示。单击某菜单项则执行相应菜单任务。

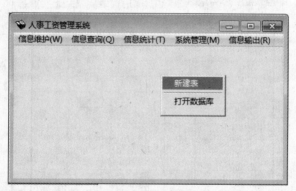

图 5-16 调用快捷菜单

5.3 实训任务 销售管理系统 main 表单的菜单设计

实训目的：

(1) 掌握菜单设计的基本流程。

(2) 掌握顶层菜单的设置。

(3) 掌握顶层表单的设置(属性及事件代码)。

实训内容：

(1) 建立销售管理系统主菜单 xsgl.mnx。要求：实现功能管理、用户管理、退出系统三个模块。

（2）创建主表单（main. scx），编写 Destroy 和 Init 事件代码。要求：将其设为顶层表单，实现调用 xsgl. mpr 菜单功能。主表单（main. scx）的运行界面如图 5-17 所示。

图 5-17　顶层表单调用菜单运行界面

习　题　5

一、选择题

1. 在菜单设计中，可以在定义菜单名称时为菜单项指定一个访问键。指定访问键为"x"的菜单项名称定义是（　　）。

    A）综合查询（\＞x）   B）综合查询（/＞x）

    C）综合查询（\＜x）   D）综合查询（/＜x）

2. 恢复系统默认菜单的命令是（　　）。

    A）SET　MENU　TO　DEFAULT

    B）SET　SYSMENU　TO　DEFAULT

    C）SET　SYSTEM　MUNU　TO　DEFAULT

    D）SET　SYSTEM　TO　DEFAULT

3. 假设已经生成了名为 mymenu 的菜单文件，则执行该菜单文件的命令是（　　）。

    A）DO　mymenu   B）DO　mymenu. mpr

    C）DO　mymenu. pjx   D）DO　mylnenu. mnx

4. 在 Visual FoxPro 中，使用【菜单设计器】定义菜单，最后生成的菜单程序的扩展名是（　　）。

    A）mnx   B）prg   C）mpr   D）spr

5. 扩展名为 mpr 的文件是(　　)。

A) 菜单文件　　　B) 菜单程序文件　C) 菜单备注文件　D) 菜单参数文件

6. 扩展名为 mnx 的文件是(　　)。

A) 备注文件　　　B) 项目文件　　　C) 表单文件　　　D) 菜单文件

7. 如果菜单项的名称为"统计",热键是 T,在菜单名称一栏中应输入(　　)。

A) 统计(\<T)　　　　　　　　B) 统计(Ctrl+T)

C) 统计(Alt+T)　　　　　　　D) 统计(T)

8. 为表单建立了快捷菜单 mymenu,调用快捷菜单的命令代码"DO mymenu. mpr WITH THIS"应该放在表单的(　　)事件中。

A) Desory　　　　　B) Init　　　　　C) Load　　　　　D) RightClick

9. 以下是与设置系统菜单有关的命令,其中错误的是(　　)。

A) SET　SYSMENU　DEFAULT　B) SET　SYSMENU　TO　DEFAULT

C) SET　SYSMENU　NOSAVE　　D) SET　SYSMENU　SAVE

二、填空题

1. 为了从用户菜单返回到默认的系统菜单,应该使用命令 SET _____ TO DEFAULT。

2. 将一个弹出式菜单作为某个控件的快捷菜单,通常是在该控件的_____事件代码中添加调用弹出式菜单程序的命令。

3. 在 Visual FoxPro 中,假设当前文件夹中有菜单程序文件 mymenu. mpr,运行该菜单程序的命令是_____。

4. 弹出式菜单可以分组,插入分组线的方法是在【菜单名称】项中输入_____两个字符。

第6章 Visual FoxPro 报表和标签设计

本章导读

用户通常需要将数据表中的数据按照一定的格式显示或打印输出,在 Visual FoxPro 中实现此功能的文件类型是报表和标签。结合项目要求,本章完成的具体任务说明如下。

任务14 利用报表向导实现预设格式的数据输出

利用报表向导建立如图 6-1 所示的报表(rsb_report.frx),用于显示人事表(rsb.dbf)的相关信息。

人事表信息浏览
2011/09/12

编号	姓名	性别	职称
0a04	陈海龙	男	助教
0b01	周海英	女	
0a05	李宁宇	男	教授
0c01	黄飞		
0b04	陈慧	女	讲师
0b03	吴春雪		
0a03	刘莉莉		
0a02	赵明	男	

图 6-1 任务 14 效果图

任务15 利用报表设计器实现自定义格式的数据输出

利用报表设计器建立如图 6-2 所示的报表(rsgz_report.frx),用于显示职工工资明细表。

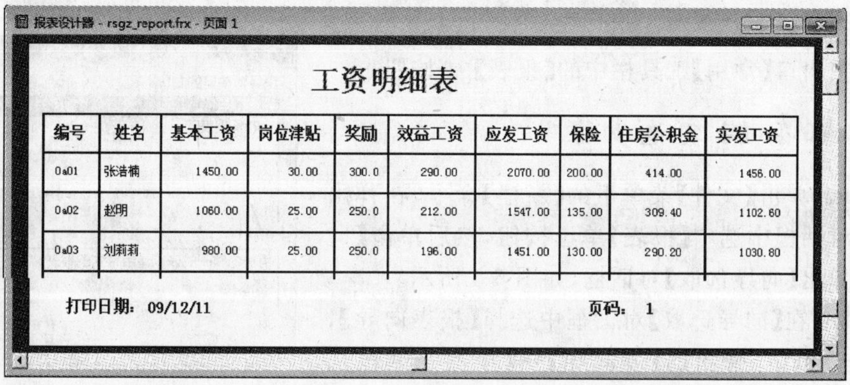

报表设计器 - rsgz_report.frx - 页面 1

工资明细表

编号	姓名	基本工资	岗位津贴	奖励	效益工资	应发工资	保险	住房公积金	实发工资
0a01	张洁楠	1450.00	30.00	300.0	290.00	2070.00	200.00	414.00	1458.00
0a02	赵明	1060.00	25.00	250.0	212.00	1547.00	135.00	309.40	1102.60
0a03	刘莉莉	980.00	25.00	250.0	196.00	1451.00	130.00	290.20	1030.80

打印日期: 09/12/11 　　　　页码: 1

图 6-2 任务 15 效果图

任务 16　利用标签设计器建立职工档案卡

利用标签设计器建立如图 6-3 所示的标签(rsb_label.lbx),用于显示职工信息。

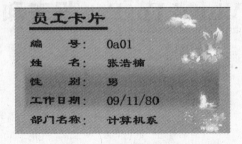

图 6-3　任务 16 效果图

6.1　任务 14　利用向导实现预设格式的数据输出

6.1.1　任务 14 介绍

使用报表向导创建一个用于显示人事表(rsb.dbf)相关信息的报表,报表文件名为 rsb_report.frx。具体要求:显示编号、姓名、性别、职称字段,数据不分组,报表样式为带区式,显示结果按照职称降序排列,报表标题为"人事表信息浏览"。

6.1.2　任务 14 分析

数据源只使用一张人事表(rsb.dbf);人事表包含若干字段,而任务 14 中只需要显示输出其中的部分字段;样式为系统预设的带区式,不需要用户自定义外观样式,因此,使用报表向导即可完成任务 14 的要求。

启动报表向导的常用方法有以下三种。

方法 1:

单击【文件】菜单下的【新建】命令,在弹出的【新建】对话框中选中【报表】单选按钮,然后单击【向导】按钮。

方法 2:

单击【工具】菜单下的【向导】→【报表】命令。

方法 3:

单击主窗口【常用】工具栏中的【报表】📷 按钮。

6.1.3　任务 14 实施步骤

步骤 1:单击【文件】菜单下的【新建】命令,在弹出的【新建】对话框中选中【报表】单选按钮,然后单击【向导】按钮,弹出【向导选取】对话框,如图 6-4 所示。

步骤 2:在【向导选取】对话框中选择【报表向导】,单击【确定】按钮,弹出【报表向导】→【步骤 1-字段选取】对话框,如图 6-5 所示。

图 6-4　【向导选取】对话框

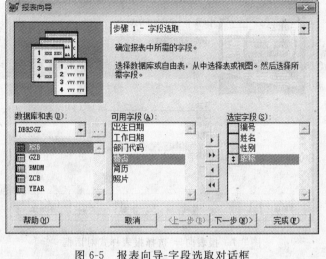

图 6-5　报表向导-字段选取对话框

步骤 3：单击【步骤 1-字段选取】对话框左边【数据库和表】的选择按钮，在弹出的【打开】对话框中选择 rsb.dbf 表文件，并单击【确定】按钮；在【可用字段】列表框中依次选择需要的字段(编号、姓名、性别、职称)，利用添加　按钮添加到右侧的【选定字段】列表框中，然后单击【下一步】按钮，弹出【报表向导】→【步骤 2-分组记录】对话框，如图 6-6 所示。

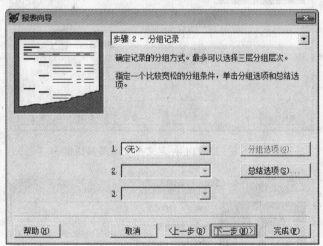

图 6-6　报表向导-分组记录对话框

步骤 4：任务 14 不需要分组，在【步骤 2-分组记录】对话框中直接单击【下一步】按钮，弹出【报表向导】→【步骤 3-选择报表样式】对话框，如图 6-7 所示。

步骤 5：在【步骤 3-选择报表样式】对话框中选择【带区式】样式，单击【下一步】按钮，弹出【报表向导】→【步骤 4-定义报表布局】对话框，如图 6-8 所示。

步骤 6：任务 14 不需要修改报表的布局方式，因此采用默认设置。在【步骤 4-定义报表布局】对话框中直接单击【下一步】按钮，弹出【报表向导】→【步骤 5-排序记录】对话框，如图 6-9 所示。

102

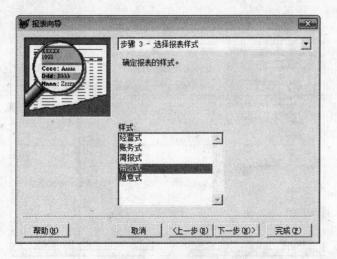

图 6-7　报表向导-选择报表样式对话框

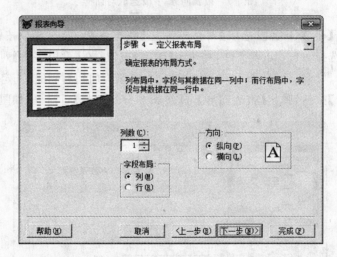

图 6-8　报表向导-定义报表布局对话框

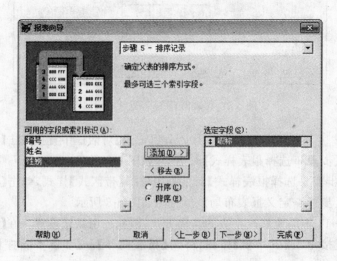

图 6-9　报表向导-排序记录对话框

步骤 7：在【步骤 5-排序记录】对话框中的【可用的字段或索引标识】列表框中选择"职称"字段，选中【降序】单选按钮，单击【添加】按钮，将排序字段添加到【选定字段】列表框中，然后单击【下一步】按钮，弹出【报表向导】→【步骤 6-完成】对话框，如图 6-10 所示。

图 6-10　报表向导-完成对话框

步骤 8：在【步骤 6-完成】对话框中的【报表标题】文本框中输入报表标题信息"人事表信息浏览"，单击【完成】按钮，在弹出的【另存为】对话框中输入文件名"rsb_report. frx"，保存文件，任务 14 的设计完成。

6.1.4　任务 14 归纳总结

完成任务 14 使用的是报表向导，即按照规定的步骤完成要求的设计。报表向导包括如下步骤：步骤 1 是从数据源中选择用于显示的字段；步骤 2 是设置分组字段，用于分组显示记录；步骤 3 是选择报表的外观样式；步骤 4 是确定报表的布局方式；步骤 5 是确定报表显示时记录的排序方式；步骤 6 是设置报表的标题信息，完成报表的设计。报表布局包括列数、字段布局和方向，其中列数决定页面分栏的数目，字段布局指的是字段值是按"列"显示还是按"行"显示，方向指输出页面是"纵向"还是"横向"。

6.1.5　知识点拓展

1. 分组报表

如果需要在报表向导设计的报表中分组显示数据表的信息，可以在【步骤 2-分组记录】中设置分组字段；如果需要对每组数据进行统计操作，可以单击【总结选项】按钮，并在弹出的【总结选项】对话框（图 6-11）中对相应的字段选择统计方式。

2. 一对多报表向导

一对多报表向导的数据源分为父表和子表，步骤 1 为从父表选择显示字段；步骤 2 为从子表选择显示字段；步骤 3 为建立父表与子表之间的联系；步骤 4 为排序记录；步骤 5 选择报表样式，设置总结选项；步骤 6 设置报表标题，完成报表设计。

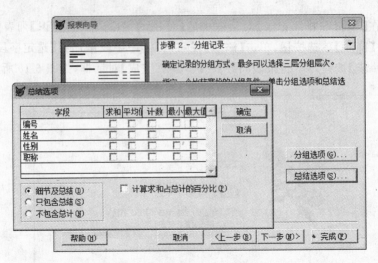

图 6-11 【总结选项】对话框

6.2 任务 15 利用报表设计器实现自定义格式的数据输出

6.2.1 任务 15 介绍

使用报表设计器设计一个报表,以表格形式输出员工的工资明细。具体要求:每页上方显示标题"工资明细表"和列标题"编号"、"姓名"、"基本工资"、"岗位津贴"、"奖励"、"效益工资"、"应发工资"、"保险"、"住房公积金"和"实发工资",每页底部显示"打印日期"和"页码";工资明细以表格的形式显示。

6.2.2 任务 15 分析

数据源为人事表(rsb.dbf)和工资表(gzb.dbf);每页上方都显示标题,所以标题的内容应在【页标头】带区设计,每页底部显示的内容应在【页注脚】带区设计;标题之类固定的文本信息使用【报表控件】工具栏的【标签】按钮实现;打印日期用函数 DATE( )实现,页码用内存变量_pageno 实现,函数和表达式使用【报表控件】工具栏的【域控件】按钮实现;表格线使用【报表控件】工具栏的【线条】按钮实现;修改字体格式使用【格式】菜单的【字体】命令;修改线条的粗细使用【格式】菜单的【绘图笔】命令。

使用【报表设计器】建立报表的步骤如下。

(1) 新建报表文件。

(2) 向报表的数据环境中添加数据源,如果是多表,还要建立表间的联系。

(3) 设计报表的外观样式,可以在设计过程中利用【文件】菜单的【打印预览】命令预览设计效果。

(4) 保存报表文件。

6.2.3 任务 15 实施步骤

步骤 1:单击【文件】菜单下的【新建】命令,在弹出的【新建】对话框中选中【报表】单选按钮,然后单击【新建文件】按钮,打开【报表设计器】,如图 6-12 所示。

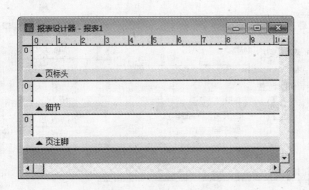

图 6-12　报表设计器

步骤 2：单击【显示】菜单下的【数据环境】命令，打开【数据环境设计器】，并将报表的数据源(rsb.dbf 和 gzb.dbf)依次添加到【数据环境设计器】，并建立表之间的联系，如图 6-13所示。

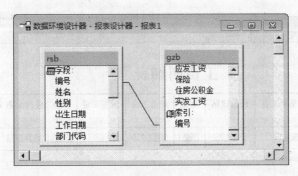

图 6-13　数据环境设计器

步骤 3：单击【报表控件】工具栏上的【标签】按钮 A，再在【页标头】带区内单击鼠标，在出现的闪烁的插入点后输入文字"工资明细表"，在其他位置单击鼠标，结束文字输入。选中该文字，单击【格式】菜单下的【字体】命令，在打开的【字体】对话框中设置字体的格式为：宋体、粗体、二号、蓝色。

利用同样的方法编辑其他文字，格式为：宋体、粗体、小四、蓝色。

单击【报表控件】工具栏上的【线条】按钮 十，绘制表格线；选中线条，单击【格式】菜单下的【绘图笔】命令设置线条的粗细。

将【数据环境设计器】中对应的字段拖曳到【细节】带区的指定位置，并调整文字的格式和对齐方式。

单击【报表控件】工具栏上的【域控件】按钮 ab，在【页注脚】带区的【打印日期：】标签后拖曳鼠标，到适当大小后松开鼠标，出现如图 6-14 所示的【报表表达式】对话框，在【表达式】文本框中输入函数：DATE( )，单击【确定】按钮；用同样的方法在【页码：】标签后添加域控件，函数为：STR(_pageno)。设计好的效果如图 6-15 所示。

步骤 4：单击【文件】菜单下的【另存为】命令，在打开的【另存为】对话框中输入报表文件名"rsgz_report.frx"，保存文件，任务 15 设计完成。

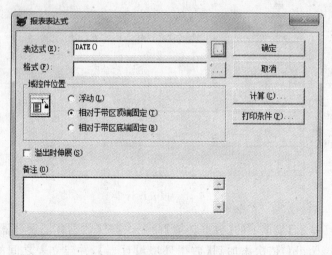

图 6-14 【报表表达式】对话框

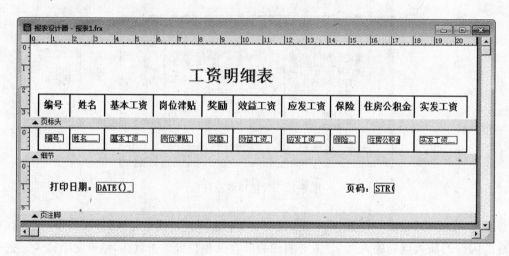

图 6-15 任务 15 设计完成界面

6.2.4 任务 15 归纳总结

任务 15 是利用报表设计器建立用户自定义格式的报表,首先新建报表文件,打开【报表设计器】,将数据源添加到【数据环境设计器】中;然后利用【报表控件】工具栏中的各个命令按钮设计报表的外观样式,其中利用【标签】按钮添加固定不变的说明性的文本信息,利用【域控件】按钮添加表达式等变化性的信息;最后保存报表文件。

利用【域控件】添加表达式信息时,除手工输入外,还可以利用【表达式生成器】构建需要的表达式。

6.2.5 知识点拓展

1. 报表带区介绍

(1)标题带区:标题带区是报表首页的顶部区域,其内容只在报表的第一页显示一次,通常用来添加报表文件的标题信息。选择【报表】菜单下的【标题/总结】命令，选中【标题】复选框，即可在报表设计器中添加标题带区。

（2）总结带区：总结带区是报表末页数据尾部的区域，其内容只在报表的最后一页显示一次，通常用来添加报表文件的总结性信息。选择【报表】菜单下的【标题/总结】命令，选中【总结】复选框，即可在报表设计器中添加总结带区。

（3）页标头带区：页标头带区是报表每一页数据的顶部区域，其内容在报表每一页的数据顶部分别显示一次，通常用来添加数据列表的列标题信息，是报表设计器的默认带区。

（4）页注脚带区：页注脚带区是报表每一页的底部区域，其内容在报表每一页的底部分别显示一次，通常用来添加页码等信息，是报表设计器的默认带区。

（5）细节带区：细节带区是报表的主体部分，用于显示数据源中的数据，是报表设计器的默认带区。

（6）列标头带区：列标头带区是多栏报表每栏数据的顶部区域，其内容在每栏的顶部显示一次。选择【文件】菜单下的【页面设置】命令，将【列数】设置为大于 1 列，即可添加列标头带区。

（7）列注脚带区：列注脚带区是多栏报表每栏数据的底部区域，其内容在每栏的底部显示一次。选择【文件】菜单下的【页面设置】命令，将【列数】设置为大于 1 列，即可添加列注脚带区。

（8）组标头带区：组标头带区是分组报表中每组数据的顶部区域，通常为该组数据的文字说明，其内容在每组数据的顶部显示一次。选择【报表】菜单下的【数据分组】命令，在【数据分组】对话框中设置分组表达式后即可添加组标头带区。

（9）组注脚带区：组注脚带区是分组报表中每组数据的底部区域，通常为该组数据的统计信息，其内容在每组数据的底部显示一次。选择【报表】菜单下的【数据分组】命令，在【数据分组】对话框中设置分组表达式后即可添加组注脚带区。

2. 快速报表

"快速报表"功能是建立简单报表的快捷方法。创建快速报表的操作步骤如下。

（1）打开作为报表数据源的数据表。

（2）新建报表文件，打开【报表设计器】。

（3）选择【报表】菜单下的【快速报表】命令，在打开的【快速报表】对话框中选择报表字段布局、是否显示标题、是否添加别名以及报表所需的字段等信息。

（4）返回【报表设计器】后保存文件。

3. 报表的输出

设计报表的最终目的是按照用户定义的格式输出数据源中的数据。报表输出前，应该先进行页面设置，通过预览报表检查版面设计的效果，最后再打印输出到纸介质上。

1）页面设置

选择【文件】菜单下的【页面设置】命令，在【页面设置】对话框中设置页边距、纸张大小和纸张方向等。

2）预览报表

通过预览报表可检查报表的外观格式是否符合设计要求，以及报表中返回的数据是否正确等。预览报表的方法如下。

（1）使用【文件】菜单下的【打印预览】命令。

（2）使用【显示】菜单下的【预览】命令。

（3）使用【常用】工具栏上的【预览】按钮。

（4）使用报表快捷菜单中的【预览】命令。

（5）在命令窗口中输入如下命令并执行：

```
REPORT  FORM  <报表文件名> PREVIEW
```

3）打印报表

如果通过预览确定报表符合设计要求，即可通过纸介质打印输出。打印报表的方法如下。

（1）使用【文件】菜单下的【打印】命令。

（2）使用【常用】工具栏上的【打印】按钮。

（3）使用报表快捷菜单中的【打印】命令。

（4）在预览状态下单击【打印预览】工具栏上的【打印报表】按钮。

（5）在命令窗口中输入如下命令并执行：

```
REPORT  FORM  <报表文件名> TO  PRINTER
```

6.3　任务 16　利用标签设计器建立职工档案卡

6.3.1　任务 16 介绍

使用标签设计器设计一个标签，用于显示员工的基本信息。具体要求：标签高度为 2in，宽度为 3.5in，每页显示两列标签，标签中显示员工的编号、姓名、性别、工作日期和部门名称信息，每张标签顶部显示"员工卡片"字样，并加下划线；整张标签加背景图片。

6.3.2　任务 16 分析

任务 16 是创建一个标签，因为标签的数据源为视图文件（label_view.vue），所以向数据环境中添加数据源之前需要先打开数据库；每页要求显示两列标签，标签宽度为 3.5in，需要选择【文件】菜单下的【页面设置】命令，将【列数】设置为"2"，宽度设置为 3.5in，并适当设置间隔和左边距的大小。

使用【标签设计器】建立标签的步骤如下。

（1）新建标签文件。

（2）选择【标签布局】。

（3）向标签的数据环境中添加数据源。

（4）设计标签的外观样式，可以在设计过程中利用【文件】菜单的【打印预览】命令预览设计效果。

（5）保存标签。

6.3.3 任务 16 实施步骤

步骤 1：单击【文件】菜单下的【打开】命令，在弹出的【打开】对话框中选择 dbrsgz.dbc 数据库，单击【确定】按钮打开数据库。

步骤 2：单击【文件】菜单下的【新建】命令，在弹出的【新建】对话框中选中【标签】单选按钮，然后单击【新建文件】按钮，打开【新建标签】对话框，采用默认标签布局，如图 6-16 所示，单击【确定】按钮，打开【标签设计器】，如图 6-17 所示。

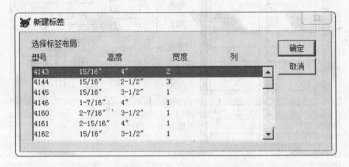

图 6-16　选择标签布局

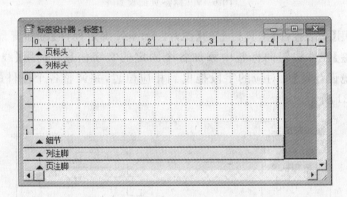

图 6-17　标签设计器

步骤 3：单击【显示】菜单下的【数据环境】命令，打开【数据环境设计器】，并将标签的数据源（label_view.vue）添加到【数据环境设计器】中，如图 6-18 所示。

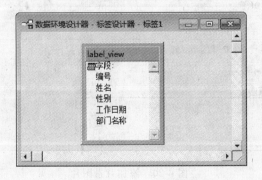

图 6-18　数据环境设计器

步骤 4：单击【文件】菜单下的【页面设置】命令，将【列数】设置为 2，【宽度】设置为 3.5，【间隔】设置为 0.5，【左页边距】设置为 0.5，如图 6-19 所示，单击【确定】按钮完成页面设置。

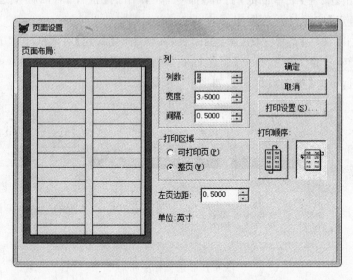

图 6-19　标签页面设置

步骤 5：利用【报表控件】工具栏上的【图片/ActiveX 绑定控件】添加背景图片，如图 6-20 所示；利用【标签】控件按钮向标签中添加各个固定的文字信息；利用【线条】控件添加直线；将【数据环境设计器】中对应的字段拖曳到相应位置，并调整各个控件的格式和相对位置，效果如图 6-21 所示。

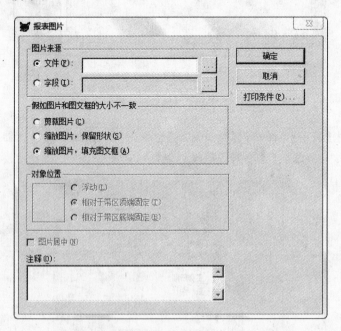

图 6-20　添加背景图片

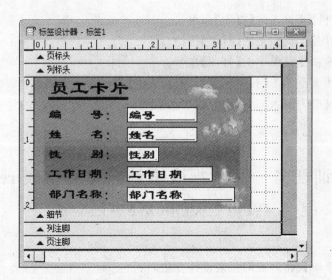

图 6-21 设计效果图

步骤 6：单击【文件】菜单下的【保存】命令，在打开的【另存为】对话框中输入标签文件名"rsb_label.lbx"，保存文件，任务 16 设计完成。

6.3.4 任务 16 归纳总结

任务 16 是利用标签设计器建立员工档案卡。标签可以说是一种简易报表，其设计方法与报表的设计方法类似。标签与报表的区别在于：标签是以表中的记录为单位输出的，一条记录生成一个标签；而报表是以表为单位输出的，所有数据按一种格式显示在同一个报表文件中。

6.3.5 知识点拓展

1. 预览标签

通过预览标签可检查标签的外观格式是否符合设计要求，以及标签中返回的数据是否正确等。预览标签的方法如下。

（1）使用【文件】菜单下的【打印预览】命令。

（2）使用【显示】菜单下的【预览】命令。

（3）使用【常用】工具栏上的【预览】按钮。

（4）使用标签快捷菜单中的【预览】命令。

（5）在命令窗口中输入如下命令并执行：

```
LABEL FORM  <标签文件名>  PREVIEW
```

2. 打印标签

如果通过预览确定标签符合设计要求，即可通过纸介质打印输出。打印标签的方法如下。

111

第 6 章

Visual FoxPro 报表和标签设计

（1）使用【文件】菜单下的【打印】命令。

（2）使用【常用】工具栏上的【打印】按钮。

（3）使用标签快捷菜单中的【打印】命令。

（4）在预览状态下单击【打印预览】工具栏上的【打印报表】按钮。

（5）在命令窗口中输入如下命令并执行：

LABEL FORM <标签文件名> TO PRINTER

6.4 实训任务 利用报表设计器建立报表 report_cp、report_kh 和 report_xssj

实训目的：

（1）掌握基于单表和多表的报表设计方法。

（2）掌握报表设计器中各种控件的功能和用法。

（3）掌握报表数据源的添加。

实训内容：

（1）利用报表设计器建立报表 report_cp，设计界面如图 6-22 所示。要求按照产品编号分组汇总销售数量和销售金额的合计，预览的部分界面如图 6-23 所示。

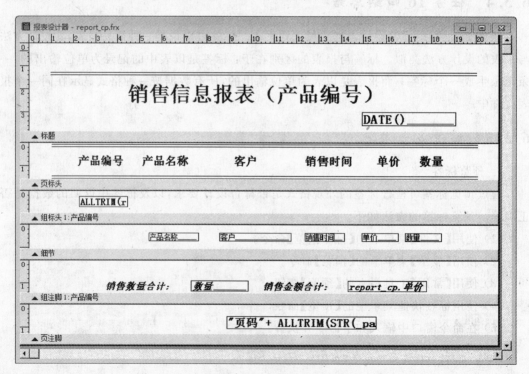

图 6-22 报表 report_cp 设计界面

图 6-23　报表 report_cp 预览界面

（2）利用报表设计器建立报表 report_kh，设计界面如图 6-24 所示。要求按照客户分组汇总销售数量和销售金额的合计，预览的部分界面如图 6-25 所示。

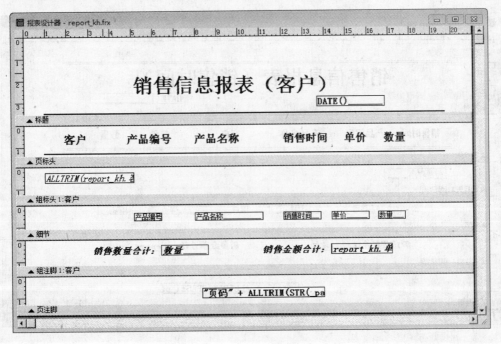

图 6-24　报表 report_kh 设计界面

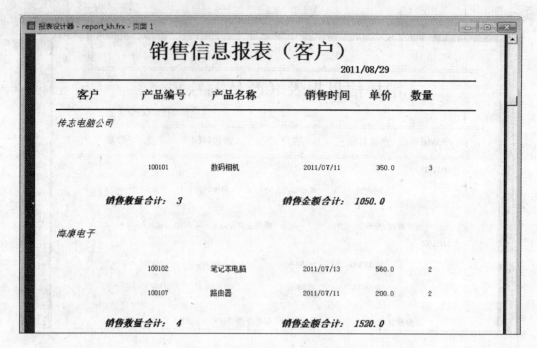

图 6-25　报表 report_kh 预览界面

（3）利用报表设计器建立报表 report_xssj，设计界面如图 6-26 所示。要求按照销售时间分组汇总销售数量和销售金额的合计，预览的部分界面如图 6-27 所示。

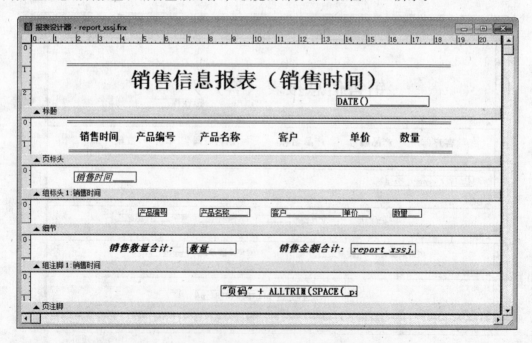

图 6-26　报表 report_xssj 设计界面

图 6-27　报表 report_xssj 预览界面

习　题　6

一、选择题

1. 为了在报表中打印当前时间,应该插入的控件是(　　)。

 A) 文本框控件 B) 表达式   C) 标签控件   D) 域控件

2. 报表的数据源可以是(　　)。

 A) 表或视图   B) 表或查询   C) 表、查询或视图 D) 表或其他报表

3. 报表的数据源不包括(　　)。

 A) 视图   B) 自由表   C) 数据库表   D) 文本文件

4. 在 Visual FoxPro 中,报表的数据源不包括(　　)。

 A) 视图   B) 自由表   C) 查询   D) 文本文件

5. 使用报表向导定义报表时,定义报表布局的选项是(　　)。

 A) 列数、方向、字段布局   B) 列数、行数、字段布局

 C) 行数、方向、字段布局   D) 列数、行数、方向

6. 调用报表格式文件 PP1 预览报表的命令是(　　)。

 A) REPORT　FROM　PP1　PREVIEW

 B) DO　FROM　PP1　PREVIEW

 C) REPORT　FORM　PP1　PREVIEW

 D) DO　FORM　PP1　PREVIEW

7. Visual FoxPro 的报表文件 .FRX 中保存的是(　　)。

 A) 打印报表的预览格式   B) 已经生成的完整报表

 C) 报表的格式和数据   D) 报表设计格式的定义

二、填空题

1. 预览报表 myreport 的命令是 REPORT　FORM　myreport _____。

2. 在使用报表向导创建报表时,如果数据源包括父表和子表,应该选取_____报表向导。

3. 为修改已建立的报表文件打开报表设计器的命令是_____ REPORT。

4. 为了在报表中插入一个文字说明,应该插入一个_____控件。

5. 在 Visual FoxPro 中创建快速报表时,基本带区包括页标头、细节和_____。

模块四

应用系统程序设计

第7章 关系数据库标准语言 SQL

本章导读

在 Visual FoxPro 中可以用简单命令或菜单方式实现对表的管理,也可以用 SQL (Structured Query Language)语言实现表结构的建立、修改、删除,表记录的插入、更新、删除、查询等操作。SQL 是关系型数据库的标准操作语言,几乎所有的数据库产品都采用和支持该语言。世界上许多语言开发商都将 SQL 作为数据库对数据存取的标准接口。SQL 语言具有如下特点。

> ➤ SQL 是一种一体化的语言,集数据定义语言(DDL)、数据操纵语言(DML)、数据查询语言(DQL)和数据控制语言(DCL)的功能为一体。

  • 数据定义语言:用于定义、修改和删除表等操作。
  • 数据操纵语言:用于表记录的插入、修改和删除等操作。
  • 数据查询语言:用于表记录的查询、统计等操作。
  • 数据控制语言:用于数据访问权限的控制等。

> ➤ SQL 是一种高度非过程化的语言。

> ➤ SQL 非常简洁,可以直接以命令方式交互使用,也可以嵌入到其他程序设计语言中以程序方式使用。

结合项目要求,本章完成的具体任务说明如下。

任务 17 利用 SQL-DDL 命令实现人事表结构的创建、修改和删除

任务 17.1:利用 SQL-CREATE 命令创建人事表(rsb. dbf)。

任务 17.2:利用 SQL-ALTER 命令向人事表(rsb. dbf)中添加一个字段:年龄 N(2)。

任务 17.3:先将人事表(rsb. dbf)中所有数据复制到表 rsb1. dbf 中,然后利用 SQL-DROP 命令将表 rsb1. dbf 删除。

任务 18 利用 SQL-DML 命令实现人事表记录的增加、删除和修改

任务 18.1:利用 SQL-INSERT 命令向表 rsb. dbf 中添加记录。

任务 18.2:利用 SQL-DELETE 命令将表 rsb. dbf 中所有女讲师的记录逻辑删除。

任务 18.3:利用 SQL-UPDATE 命令修改表 rsb. dbf 年龄字段的值。注意:年龄是当前年份与出生年份之差。

任务 19 利用 SQL-SELECT 命令查询和统计人事表的相关记录

任务 19.1:在表 rsb. dbf 中查询并显示所有职工的信息,显示结果包括编号、姓名、性别和职称字段。

任务 19.2:列出已婚职工的所有信息。

任务 19.3：从表 gzb. dbf 中查询出工资最高的 5 名员工的信息，结果按基本工资降序排列显示。

任务 19.4：统计表 rsb. dbf 中各种职称职工的平均年龄，并且结果只显示职称和平均年龄大于 35 的记录。

任务 19.5：从表 rsb. dbf 和 gzb. dbf 中查询所有职工的编号、姓名、职称、岗位津贴和奖励工资。

任务 19.6：查询表 gzb. dbf 中基本工资字段的最高值、最低值、平均值及参与统计的人数。

任务 19.7：从表 gzb. dbf 中查询部门代码是"01A"的职工的工资详细列表，结果按实发工资降序排序，保存到表 lsb1 中。

7.1 任务 17 利用 SQL-DDL 命令实现人事表结构的创建、修改和删除

7.1.1 任务 17 介绍

任务 17.1 介绍：使用 SQL-CREATE 命令创建人事表 rsb. dbf，表结构如表 7-1 所示。

表 7-1 rsb 结构

字段名	数据类型	宽度
编号	字符型	4
姓名	字符型	8
性别	字符型	2
出生日期	日期型	8
工作日期	日期型	8
部门代码	字符型	3
职称	字符型	10
婚否	逻辑型	1

任务 17.2 介绍：使用 SQL-ALTER 命令为表 rsb. dbf 添加一个"年龄"字段，要求：字段数据类型为数值型，宽度为 2 位，小数位数为 0 位。

任务 17.3 介绍：利用 Visual FoxPro 的 COPY 命令把表 rsb. dbf 复制到新表 rsb1. dbf 中，然后使用 SQL-DROP 命令将新创建的表 rsb1. dbf 删除。

7.1.2 任务 17 分析

1. 任务 17.1 分析

任务 17.1 要求用 SQL-CREATE 命令建立表结构。

命令格式：

```
CREATE  TABLE | DBF  <表名>;
 (<字段名 1><字段类型>[(<字段宽度>[,<小数位数>])][NULL | NOT  NULL];
 [PRIMARY  KEY | UNIQUE] [,<字段名 2>…])
```

功能：由给定的字段参数建立一个数据表。

说明：

➢ NULL | NOT NULL 表示是否允许字段为空值。

➢ PRIMARY KEY 表示为该字段建立一个主索引，UNIQUE 表示建立一个候选索引。

2. 任务 17.2 分析

任务 17.2 要求用 SQL-ALTER 命令修改表结构。

1）增加或修改字段

命令格式：

```
ALTER  TABLE  <表名>;
 ADD| ALTER  [COLUMN] <字段名> <字段类型>[(<字段宽度>[,<小数位数>])] ]
```

功能：向表中增加一个字段或修改表中现有字段。

说明：

➢ ADD 子句表示增加新的字段。

➢ ALTER 子句表示修改原有的字段。

2）删除字段

命令格式：

```
ALTER  TABLE  <表名>  DROP  [COLUMN]  <字段名>
```

功能：删除表中的字段。

说明：DROP 子句用于删除指定的字段。

3）重命名字段

命令格式：

```
ALTER  TABLE  <表名>  RENAME [COLUMN] <字段名> TO <新字段名>
```

功能：给表中的字段重命名。

说明：RENAME 子句是将<字段名>重新改为<新字段名>。

3. 任务 17.3 分析

任务 17.3 要求用 SQL-DROP 命令删除表。

命令格式：

```
DROP  TABLE  <表名>
```

功能：从磁盘上将表直接删除掉。

说明：<表名>是指磁盘上指定的表文件名。

7.1.3 任务 17 实施步骤

1. 任务 17.1 操作步骤

在命令窗口中输入命令：

```
CREATE  TABLE  rsb(编号 C(4),姓名 C(8),性别 C(2),出生日期 D(8),;
   工作日期 D(8),部门代码 C(3),职称 C(10),婚否 L(1))
```

按 Enter 键执行。效果如图 7-1 所示。

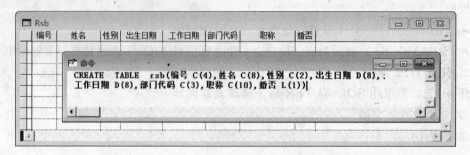

图 7-1　SQL-CREATE 命令

2. 任务 17.2 操作步骤

在命令窗口中输入命令：

```
ALTER  TABLE  rsb  ADD  年龄 N(2)
```

按 Enter 键执行。效果如图 7-2 所示。

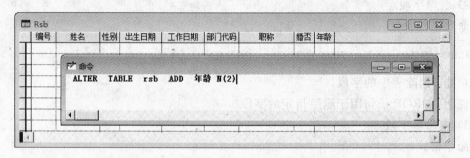

图 7-2　SQL-ALTER 命令

3. 任务 17.3 操作步骤

在命令窗口中分别输入并执行如下命令：

```
USE  rsb              && 打开表 rsb
COPY  TO  rsb1        && 将表 rsb 复制到表 rsb1 中
DROP  TABLE  rsb1     && 删除表 rsb1
```

rsb1 复制成功后又被删除。效果如图 7-3 所示。

图 7-3　SQL-DROP 命令

7.1.4 任务 17 归纳总结

任务 17 中介绍了结构化查询语言 SQL 中的数据定义(DDL)命令的用法,建表命令 CREATE 在使用时要指定建立的表名和表的结构信息;修改表结构命令 ALTER 可以分别利用 ADD、DROP、RENAME 和 ALTER 子句实现字段的增加、删除、重命名以及修改操作;删除表命令 DROP 在使用前必须先确认表无用后再删除。

7.1.5 知识点拓展

SQL-CREATE 命令除了可以建立表的字段结构以外,还可以设置表的字段有效性规则及字段默认值。

1. 定义字段有效性规则

命令格式:

<字段名> CHECK <逻辑表达式> [ERROR <出错信息>]

功能:

➤ CHECK <逻辑表达式>:用于说明字段的有效性规则。

➤ ERROR <出错信息>:为字段有效性规则检查出错时给出的提示信息。

2. 定义字段默认值

命令格式:

<字段名> DEFAULT <表达式>

功能:使用表达式值为字段设置默认值。

7.2 任务 18 利用 SQL-DML 命令实现
人事表记录的增加、删除和修改

7.2.1 任务 18 介绍

任务 18.1 介绍:使用 SQL-INSERT 命令为 rsb.dbf 添加 4 条记录,数据如表 7-2 所示。

表 7-2 rsb 记录

编号	姓名	性别	出生日期	工作日期	部门代码	职称	婚否	年龄
0a01	张浩楠	女	09/17/1961	09/11/1980	01A	副教授	.T.	
0a02	赵明	男	07/01/1969	05/12/1988	03A	讲师	.T.	
0a03	刘莉莉	女	02/24/1975	08/24/1996	01A	讲师	.T.	
0a04	周海英	女	03/12/1979	09/01/1999	02B	助教	.F.	

任务 18.2 介绍:使用 SQL-DELETE 命令逻辑删除 rsb.dbf 中满足条件的记录,要求: "性别"是女并且"职称"是讲师。

任务 18.3 介绍:利用 SQL-UPDATE 命令修改 rsb.dbf 年龄字段的值,要求:年龄是当前年份与出生日期年份的差。

7.2.2 任务 18 分析

1. 任务 18.1 分析

任务 18.1 要求用 SQL-INSERT 命令插入新记录。

命令格式：

```
INSERT  INTO  <表名>[(<字段名 1>[,<字段名 2>,…])];
   VALUES(<表达式 1>[,<表达式 2>,…])
```

功能：在表的末尾追加一条新的记录。

说明：

➢ <字段名 1>[,<字段名 2>,…]：指出新增记录的值所对应的字段名。

➢ <表达式 1>[,<表达式 2>,…]：指定新增记录的值。

2. 任务 18.2 分析

任务 18.2 要求用 SQL-DELETE 命令逻辑删除满足条件的记录。

命令格式：

```
DELETE  FROM  <表名>  [WHERE  <条件>]
```

功能：逻辑删除表中满足条件的记录，即对满足条件的记录加上删除标记。

说明：WHERE 子句是指定删除条件，如果没有 WHERE 条件，则逻辑删除所有记录。

3. 任务 18.3 分析

任务 18.3 要求用 SQL-UPDATE 命令更新 rsb.dbf 中年龄字段的值。

命令格式：

```
UPDATE  <表名>  SET  <字段名 1> = <表达式 1>;
   [,<字段名 2> = <表达式 2>,…] [WHERE  <条件>]
```

功能：更新满足条件的记录，该记录指定字段值由相对应的表达式值来代替。

说明：

➢ SET 子句是给各个字段赋新值。

➢ WHERE 子句是条件，如果没有 WHERE 条件，则更新所有记录。

7.2.3 任务 18 实施步骤

1. 任务 18.1 操作步骤

在命令窗口中输入命令：

```
INSERT  INTO  rsb(编号,姓名,性别,出生日期,工作日期,部门代码,职称,婚否);
   VALUES("0a01","张浩楠","女",{^1961-09-17},{^1980-09-11},"01A", "副教授",.T.)
```

按 Enter 键执行。用同样的方法将其他 3 条记录追加到 rsb.dbf 中。效果如图 7-4 所示。

2. 任务 18.2 操作步骤

在命令窗口中输入命令：

```
DELETE  FROM  rsb  WHERE  性别 = "女"  and  职称 = "讲师"
```

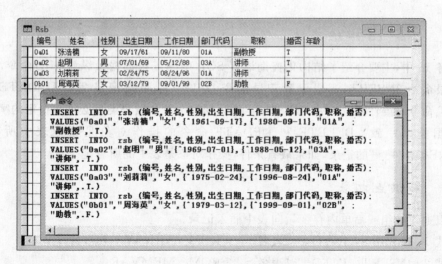

图 7-4　SQL-INSERT 命令

按 Enter 键执行。效果如图 7-5 所示。

图 7-5　SQL-DELETE 命令

3. 任务 18.3 操作步骤

在命令窗口中输入命令：

UPDATE　rsb　SET　年龄 = YEAR(DATE()) - YEAR(出生日期)

按 Enter 键执行。效果如图 7-6 所示。

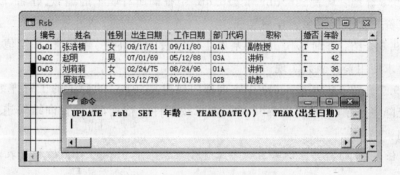

图 7-6　SQL-UPDATE 命令

关系数据库标准语言 SQL

7.2.4 任务 18 归纳总结

任务 18 中,主要介绍了结构化查询语言 SQL 中的三条数据操纵(DML)命令,分别是插入记录命令 INSERT,逻辑删除记录命令 DELETE,更新记录命令 UPDATE。使用 INSERT 命令时要注意:"VALUES"指定的数据的个数和数据类型必须与指定的字段的个数和数据类型一致。DELETE 和 UPDATE 命令的操作对象是指定表中所有满足"WHERE<条件>"的记录,如果缺省条件,操作对象是表中的所有记录。

7.2.5 知识点拓展

可以通过数组或简单内存变量向表中插入记录。

格式 1:INSERT　INTO　<表名>　FROM　ARRAY　数组名

格式 2:INSERT　INTO　<表名>　FROM　MEMVAR

功能:在表尾添加一个指定字段的记录。

说明:"ARRAY　数组名"是从指定的数组中添加记录的值,"MEMVAR"是从与字段同名的内存变量中添加记录的值。

7.3　任务 19　利用 SQL-SELECT 命令查询和 统计人事表的相关记录

7.3.1 任务 19 介绍

任务 19.1 介绍:在表 rsb.dbf 中查询并显示所有职工的信息,显示结果包括编号、姓名、性别和职称字段。

任务 19.2 介绍:列出已婚职工的所有信息,查询条件为"已婚"。

任务 19.3 介绍:从表 gzb.dbf 中查询出工资最高的 5 名员工的信息,结果按基本工资降序排列显示。查询结果只显示部分记录并进行排序。

任务 19.4 介绍:统计表 rsb.dbf 中各职称职工的平均年龄,并且结果只显示职称和平均年龄大于 35 的记录。要求使用分组查询和聚合函数实现。

任务 19.5 介绍:从表 rsb.dbf 和 gzb.dbf 中查询所有职工的编号、姓名、职称、岗位津贴和奖励工资。要求使用多表查询实现。

任务 19.6 介绍:查询 gzb.dbf 中基本工资字段的最高值、最低值、平均值及参与统计的人数。要求使用聚合函数实现。

任务 19.7 介绍:从表 gzb.dbf 中查询部门代码是"01A"的职工的工资详细列表,结果按实发工资降序排序,保存到表 lsb1 中。要求按条件进行查询,对查询结果进行排序并设置输出去向。

注意:任务 19 的数据源均来自人事工资管理系统中 dbrsgz.dbc 的相应表。

7.3.2 任务 19 分析

任务 19 中所有子任务都是用 SQL-SELECT 命令实现的,现将 SELECT 命令介绍如下。

格式:

```
SELECT [ALL|DISTINCT][TOP <数值表达式>[PERCENT]];
  [<别名 1>.]<选择项 1> [AS <列名 1>][,[<别名 2>.]<选择项 2>[AS <列名 2>]…];
  FROM <表名 1> [INNER|LEFT[OUTER]|RIGHT[OUTER]|FULL[OUTER] JOIN];
  [<表名 2>] [ON <连接条件>];
  [WHERE <筛选条件 1> [AND|OR <筛选条件 2>…]];
  [ORDER  BY <排序项 1> [ASC|DESC] [,<排序项 2> [ASC|DESC]…]];
  [GROUP  BY <分组项 1> [,<分组项 2>…]][HAVING  <分组筛选条件>];
  [INTO  CURSOR|TABLE|DBF  <表名>|INTO  ARRAY  <数组名>];
  |[TO  FILE  <文件名>|TO  SCREEN|TO  PRINTER]
```

功能:从一个或多个数据表中检索一个记录集合,集合由指定的字段名组成一个查询结果表。

说明:

➤ [ALL | DISTINCT] 子句:ALL 输出结果可以有重复记录,是子句默认值。DISTINCT 输出结果无重复记录。

➤ [TOP <数值表达式> [PERCENT]]子句:TOP <数值表达式>是在符合条件的记录中取前<数值表达式>个记录。PERCENT 是取前面百分之<数值表达式>个记录。要使用 TOP 子句则必须要用 ORDER BY 子句先排序。

➤ [<别名 1>.]<选择项 1> [AS <列名 1>]子句:指定查询输出列表,如果带 AS 参数,则输出查询结果表的字段标题由"列名"代替,"列名"之间用逗号分隔;如输出列表中有相同的字段名出现,则应在字段名前加上前缀:"<别名>.",以示区别。<选择项>可以是字段名、常量和表达式。此子句也可用" * "代替,此时显示表中所有字段。<选择项>中的每项在查询结果表中对应生成一列,可以使用表 7-3 所示的聚合函数进行统计输出。

表 7-3 常用聚合函数

函　　数	说　　明
AVG(<表达式>)	返回某列数值型数据的平均值
COUNT(<表达式>)	返回统计的记录个数,COUNT(*)表示返回查询输出中的记录个数
MIN(<表达式>)	返回某列数据的最小值
MAX(<表达式>)	返回某列数据的最大值
SUM(<表达式>)	返回某列数值型数据的合计值

➤ FROM 子句:指定所有需要查询的表名。若指定的表没有打开,本命令将打开,并在查询结束后保持打开状态。

➤ <表名 1> [INNER|LEFT[OUTER]|RIGHT[OUTER]|FULL[OUTER] JOIN][<表名 2>]子句:当在多表之间查询数据时,必须建立表之间的连接,连接类型有 4 种,如表 7-4 所示。

表 7-4　连接类型

连接名称	类型名称	作　　用
INNER　JOIN	内部连接	按连接条件合并两个表,只有满足条件的记录出现在结果中,内连接可以省略 INNER
LEFT〔OUTER〕JOIN	左外连接	满足连接条件的记录出现在结果中,并且左表不满足条件的记录也出现在结果中
RIGHT〔OUTER〕JOIN	右外连接	满足连接条件的记录出现在结果中,并且右表不满足条件的记录也出现在结果中
FULL　JOIN	完全连接	满足连接条件的记录出现在结果中,两表不满足连接条件的记录也出现在结果中

➢ ON　<连接条件>子句:指定表间的连接条件。

➢ WHERE 子句:若已用 ON 子句指定了连接条件,则 WHERE 子句只能指定筛选条件,表示在已按连接条件产生的记录中筛选记录。也可以用 WHERE 子句指定连接条件和筛选条件来查询满足条件的记录,多重连接条件必须用逻辑运算符连接。逻辑运算符功能详见表 7-5。可以在 WHERE 参数中使用通配符:"％"(百分号)、"_"(下划线)。"％"代表多个任意字符,"_"代表一个任意字符。

表 7-5　逻辑运算符

名　　称	说　　明
AND	连接条件必须同时满足
OR	连接条件有一项满足即可
NOT	取反

➢ ORDER BY 子句:指定查询结果按<排序项>进行排序,默认为升序(ASC)排列,DESC 为降序排列。<排序项>可以是字段名,也可以是字段在查询输出列表中的位置序号。

➢ GROUP BY 子句:用于数据分组,将查询结果按<分组项>进行分组,每组成为查询结果中的一个记录。分组项可以是一个字段、一个 SQL 字段函数或一个表示查询位置的数字表达式(最左边一列的列号为 1)。

➢ HAVING 子句:指定分组必须满足的条件。WHERE 子句用于筛选源表,HAVING 子句用于分组的筛选条件。

➢ 关于查询结果的存放。

  • INTO　TABLE|DBF　<表名>:将查询结果存入指定的表文件中。

  • INTO　CURSOR　<临时表名>:将查询结果存入一个临时表中。查询完毕,临时表处于打开、只读状态。工作区关闭时,临时表自动删除。

  • INTO　ARRAY　<数组名>:将查询结果存入一个数组中,每个数组元素存放一个字段的值。

  • TO　FILE　<文件名>:将查询结果存入一个文本文件中。

  • TO　PRINTER:将查询结果输出到打印机。

  • TO　SCREEN:将查询结果显示在主窗口或当前窗口中。

根据以上 SQL-SELECT 语句的介绍,确定了任务 19 的解决思路:

➢ 任务 19.1 使用了"SELECT…FROM…"基本结构。

➢ 任务 19.2 使用了"SELECT…FROM…WHERE…"条件结构。

➢ 任务 19.3 使用了"SELECT TOP n…FROM…ORDER BY…"排序结构。

➢ 任务 19.4 使用了"SELECT…FROM…GROUP BY…HAVING…"分组查询结构。

➢ 任务 19.5 使用了"SELECT…FROM…INNER JOIN…ON…"多表查询结构。

➢ 任务 19.6 使用了"SELECT 聚合函数 FROM…"统计结构。

➢ 任务 19.7 使用了"SELECT…FROM…WHERE…ORDER BY…INTO TABLE…"
结构,设置查询去向。

7.3.3 任务 19 实施步骤

1. 任务 19.1 操作步骤

在命令窗口中输入命令:

```
SELECT  编号,姓名,性别,职称  FROM  rsb
```

按 Enter 键执行。效果如图 7-7 所示。

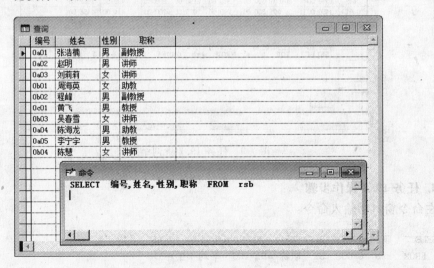

图 7-7　任务 19.1 查询结果

2. 任务 19.2 操作步骤

在命令窗口中输入命令:

```
SELECT  *  FROM  rsb  WHERE  婚否
```

按 Enter 键执行。效果如图 7-8 所示。

3. 任务 19.3 操作步骤

在命令窗口中输入命令:

```
SELECT TOP 5  *  FROM gzb ORDER BY 基本工资 DESC
```

按 Enter 键执行。效果如图 7-9 所示。

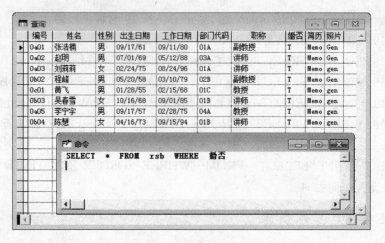

图 7-8　任务 19.2 查询结果

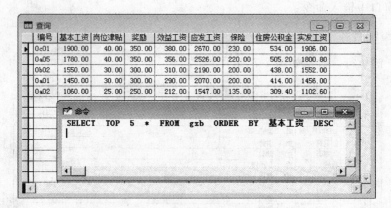

图 7-9　任务 19.3 查询结果

4. 任务 19.4 操作步骤

在命令窗口中输入命令：

SELECT　职称,AVG(YEAR(DATE())-YEAR(出生日期))　AS　平均年龄;
　FROM　rsb　GROUP BY　职称　HAVING　平均年龄>35

按 Enter 键执行。效果如图 7-10 所示。

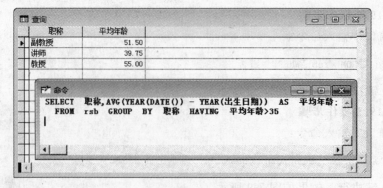

图 7-10　任务 19.4 查询结果

5. 任务 19.5 操作步骤

在命令窗口中输入命令：

```
SELECT  rsb.编号,姓名,职称,岗位津贴,奖励;
  FROM  rsb  INNER  JOIN  gzb  ON  rsb.编号 = gzb.编号
```

或

```
SELECT  rsb.编号,姓名,职称,岗位津贴,奖励;
  FROM  rsb,gzb  WHERE  rsb.编号 = gzb.编号
```

按 Enter 键执行。效果如图 7-11 所示。

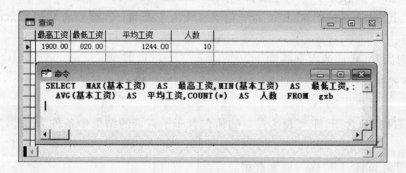

图 7-11　任务 19.5 查询结果

6. 任务 19.6 操作步骤

在命令窗口中输入命令：

```
SELECT  MAX(基本工资)  AS  最高工资,MIN(基本工资)  AS  最低工资,;
  AVG(基本工资)  AS  平均工资,COUNT( * )  AS  人数  FROM  gzb
```

按 Enter 键执行。效果如图 7-12 所示。

图 7-12　任务 19.6 查询结果

关系数据库标准语言 SQL

7. 任务 19.7 操作步骤

在命令窗口中输入命令：

```
SELECT  gzb.*  FROM  rsb,gzb ;
 WHERE  rsb.编号 = gzb.编号  AND  部门代码 = "01A";
 ORDER  BY  实发工资  DESC  INTO  TABLE  lsb1
```

按 Enter 键执行。效果如图 7-13 所示。

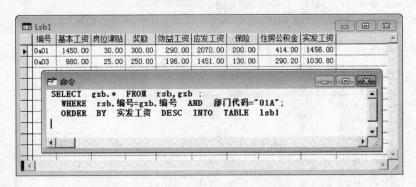

图 7-13 任务 19.7 查询结果

7.3.4 任务 19 归纳总结

任务 19 中主要介绍了 SQL 语言中数据查询命令 SELECT 的用法，其中包括单表和多表查询，以及各个子句的详细实例。使用 SELECT 命令时需注意：多表查询时要建立表间的连接；查询结果如果只显示部分记录，则必须与 ORDER BY 子句配合使用；实现分组统计查询时要利用 GROUP BY 子句进行记录分组，然后按组进行统计，每组数据产生一条结果记录，利用 HAVING 子句去掉不满足条件的分组。

7.3.5 知识点拓展

1. 嵌套查询

查询的结果数据可能来自一个或多个表，相关的条件也可能涉及一个或多个表。如果一个查询的条件依赖于另一个查询的结果，称为嵌套查询，即在 SELECT 语句中套有 SELECT 语句，被套在内的 SELECT 子句通常称为子查询。在嵌套查询中常常涉及谓词和量词的使用。

1）由谓词 IN 构成的嵌套查询

命令格式：SELECT…WHERE ＜表达式＞ IN｜NOT IN(子查询)

说明：

谓词：IN 指包含于，即＜表达式＞的值包含于子查询的结果中条件为.T.，NOT IN 与 IN 相反。

2）由谓词 EXIST 构成的嵌套查询

命令格式：SELECT…WHERE ［NOT］ EXIST （子查询）

说明：

- 比较运算符包括：＝、＝＝、＞、＞＝、＜、＜＝、＜＞，！＝、＃。
- EXIST：子查询中存在记录则条件为.T.。
- NOT EXIST：子查询中不存在记录则条件为.T.。

3）使用量词的嵌套查询

命令格式：SELECT…WHERE ＜表达式＞ ＜比较运算符＞ANY|ALL|SOME（子查询）

说明：

- 量词 ANY、SOME：ANY 和 SOME 是同义词，在比较运算时只要子查询中有一行能使条件为.T.，结果就为.T.。
- 量词 ALL：要求子查询的所有行都使条件为.T.时，结果才为.T.。

2．几个特殊运算符

1）＜字段名＞ BETWEEN…AND 运算符

格式：BETWEEN ＜表达式1＞ AND ＜表达式2＞

说明：通常用于 WHERE 子句中，当＜字段名＞的值大于或等于＜表达式1＞并且小于或等于＜表达式2＞时，条件的结果为.T.。

2）LIKE 运算符

格式：＜字段名＞ LIKE ＜字符表达式＞

说明：通常用于 WHERE 子句中，LIKE 常与其后含有通配符"％"或"_"的字符表达式联合使用，当＜字段名＞的值和＜字符表达式＞"一致"时，条件的结果为.T.。

7.4 实训任务 销售管理系统中 SQL 命令的使用

实训目的：

（1）掌握数据定义（DDL）命令，即 CREATE、ALTER、DROP 命令的应用。

（2）掌握数据操纵（DML）命令，即 INSERT、DELETE、UPDATE 命令的应用。

（3）掌握数据查询（DQL）命令，即 SELECT 命令的基本格式和应用。

实训内容：

（1）使用 SQL-CREATE 命令建立名为 customer.dbf 的表文件，表结构如表 7-6 所示。

表 7-6 customer 表结构

字段名	数据类型	宽度	小数位数	NULL
客户编号	字符型	10		
客户	字符型	20		
联系电话	字符型	17		√
联系地址	字符型	30		√
邮编	字符型	6		√

（2）使用 SQL-ALTER 命令为表 customer.dbf 增加一个字段：email C(20)，允许空值。

（3）为 user 表增加一条新记录，要求：用户名为"QQQ"，密码为"111"，权限等级为"2"。

（4）查询 products.dbf 表中所有"笔记本电脑"的销售信息，结果包括产品编号、产品名称、生产厂商、销售时间、客户、数量和单价，结果按数量降序排列存储到表 bjbxs.dbf 中。

（5）从 products.dbf 和 sales.dbf 表中统计每种产品的销售数量和销售总金额，结果包括产品名称、数量和总金额（单价×数量的和）字段，并按总金额降序排列存储到表 cpxs.dbf 中。

（6）逻辑删除 products.dbf 表中所有单价低于 1000 的产品记录。

习 题 7

一、选择题

1. SQL 语言的查询语句是（   ）。

    A）INSERT   B）UPDATE   C）DELETE   D）SELECT

2. 在 Visual FoxPro 中，下列关于 SQL 表定义语句（CREATE TABLE）的说法中错误的是（   ）。

    A）可以定义一个新的基本表结构

    B）可以定义表中的主关键字

    C）可以定义表的域完整性、字段有效性规则等

    D）对自由表，同样可以实现其完整性、有效性规则等信息的设置

3. SQL 的 SELECT 语句中，"HAVING ＜条件表达式＞"用来筛选满足条件的（   ）。

    A）列   B）行   C）关系   D）分组

4. 在 Visual FoxPro 中，假设教师表 T（教师号，姓名，性别，职称，研究生导师）中，性别是 C 型字段，研究生导师是 L 型字段。若要查询"是研究生导师的女老师"信息，那么 SQL 语句"SELECT ＊ FROM T WHERE ＜逻辑表达式＞"中的＜逻辑表达式＞应是（   ）。

    A）研究生导师 AND 性别＝"女"

    B）研究生导师 OR 性别＝"女"

    C）性别＝"女" AND 研究生导师＝.F.

    D）研究生导师＝.T. OR 性别＝"女"

5. 给 student 表增加一个"平均成绩"字段（数值型，总宽度为 6，2 位小数）的 SQL 命令是（   ）。

    A）ALTER TABLE student ADD 平均成绩 N（6，2）

    B）ALTER TABLE student ADD 平均成绩 D（6，2）

    C）ALTER TABLE student ADD 平均成绩 E（6，2）

    D）ALTER TABLE student ADD 平均成绩 Y（6，2）

6. 若 SQL 语句中的 ORDER BY 短语中指定了多个字段，则（   ）。

    A）依次按自右至左的字段顺序排序

    B）只按第一个字段排序

    C）依次按自左至右的字段顺序排序

    D）无法排序

7. 与"SELECT ＊ FROM 教师表 INTO DBF A"等价的语句是（   ）。

    A）SELECT ＊ FROM 教师表 TO DBF A

B) SELECT * FROM 教师表 TO TABLE A

C) SELECT * FROM 教师表 INTO TABLE A

D) SELECT * FROM 教师表 INTO A

8. 查询"教师表"的全部记录并存储于临时文件 one. dbf 中的 SQL 命令是(   )。

    A) SELECT * FROM 教师表 INTO CURSOR one

    B) SELECT * FROM 教师表 TO CURSOR one

    C) SELECT * FROM 教师表 INTO CURSOR DBF one

    D) SELECT * FROM 教师表 TO CURSOR DBF one

9. "教师表"中有"职工号"、"姓名"和"工龄"字段,其中"职工号"为主关键字,建立"教师表"的 SQL 命令是(   )。

    A) CREATE TABLE 教师表(职工号 C(10) PRIMARY, 姓名 C(20),工龄 I)

    B) CREATE TABLE 教师表(职工号 C(10) FOREIGN, 姓名 C(20),工龄 I)

    C) CREATE TABLE 教师表(职工号 C(10) FOREIGN KEY,姓名 C(20),工龄 I)

    D) CREATE TABLE 教师表(职工号 C(10) PRIMARY KEY,姓名 C(20),工龄 I)

10. 删除 student 表中的"平均成绩"字段的正确的 SQL 命令是(   )。

    A) DELETE TABLE student DELETE COLUMN 平均成绩

    B) ALTER TABLE student DELETE COLUMN 平均成绩

    C) ALTER TABLE student DROP COLUMN 平均成绩

    D) DELETE TABLE student DROP COLUMN 平均成绩

11. 假设表 s 中有 10 条记录,其中字段 b 小于 20 的记录有 3 条,大于等于 20,并且小于等于 30 的记录有 3 条,大于 30 的记录有 4 条,执行下面的程序后,屏幕显示的结果是(   )。

```
SET  DELETE  ON
DELETE  FROM  s  WHERE  b  BETWEEN  20  AND  30
?RECCOUNT( )
```

    A) 10   B) 7   C) 0   D) 3

第 12～16 题基于学生表 S 和学生选课表 SC 两个数据库表,它们的结构如下:

S(学号,姓名,性别,年龄),其中学号、姓名和性别为 C 型字段,年龄为 N 型字段

SC(学号,课程号,成绩),其中学号和课程号为 C 型字段,成绩为 N 型字段(初始为空值)

12. 查询学生选修课程成绩小于 60 分的学号,正确的 SQL 语句是(   )。

    A) SELECT DISTINCT 学号 FROM SC WHERE "成绩"<60

    B) SELECT DISTINCT 学号 FROM SC WHERE 成绩<"60"

    C) SELECT DISTINCT 学号 FROM SC WHERE 成绩<60

    D) SELECT DISTINCT `学号` FROM SC WHERE "成绩"<60

13. 查询学生表 S 的全部记录并存储于临时表文件 one 中的 SQL 命令是(   )。

    A) SELECT * FROM S INTO CURSOR one

    B) SELECT * FROM S TO CURSOR one

    C) SELECT * FROM S INTO CURSOR DBF one

    D) SELECT * FROM S TO CURSOR DBF one

14. 查询成绩在 70~85 分之间的学生的学号、课程号和成绩,正确的 SQL 语句是(   )。

    A) SELECT 学号,课程号,成绩 FROM SC WHERE 成绩 BETWEEN 70 AND 85

    B) SELECT 学号,课程号,成绩 FROM SC WHERE 成绩>=70 OR 成绩<=85

    C) SELECT 学号,课程号,成绩 FROM SC WHERE 成绩>=70 OR <=85

    D) SELECT 学号,课程号,成绩 FROM SC WHERE 成绩>=70 AND <=85

15. 查询有选课记录,但没有考试成绩的学生的学号和课程号,正确的 SQL 语句是(   )。

    A) SELECT 学号,课程号 FROM SC WHERE 成绩= ""

    B) SELECT 学号,课程号 FROM SC WHERE 成绩=NULL

    C) SELECT 学号,课程号 FROM SC WHERE 成绩 IS NULL

    D) SELECT 学号,课程号 FROM SC WHERE 成绩

16. 查询选修 C2 课程号的学生姓名,下列 SQL 语句中错误的是(   )。

    A) SELECT 姓名 FROM S WHERE EXISTS ;

    (SELECT * FROM SC WHERE 学号=S.学号 AND 课程号='C2')

    B) SELECT 姓名 FROM S WHERE 学号 IN ;

    (SELECT 学号 FROM SC WHERE 课程号= 'C2')

    C) SELECT 姓名 FROM S JOIN SC ON S.学号=SC.学号 WHERE 课程号='C2'

    D) SELECT 姓名 FROM S WHERE 学号= ;

    (SELECT 学号 FROM SC WHERE 课程号= 'C2')

17. 如果在 SQL 查询的 SELECT 短语中使用 TOP,则应该配合使用(   )。

    A) HAVING 短语   B) GROUP BY 短语

    C) WHERE 短语   D) ORDER BY 短语

18. 删除表 s 中字段 c 的 SQL 命令是(   )。

    A) ALTER TABLE s DELETE c

    B) ALTER TABLE s DROP c

    C) DELETE TABLE s DELETE c

    D) DELETE TABLE s DROP c

19. 在 Visual FoxPro 中,以下描述正确的是(   )。

    A) 对表的所有操作,都不需要使用 USE 命令先打开表

    B) 所有 SQL 命令对表的所有操作都不需使用 USE 命令先打开表

    C) 部分 SQL 命令对表的所有操作都不需使用 USE 命令先打开表

    D) 传统的 FoxPro 命令对表的所有操作都不需要使用 USE 命令先打开表

20. 使用 SQL 语句将表 s 中字段 price 的值大于 30 的记录删除,正确的命令是(   )。

    A) DELETE FROM s FOR price>30

    B) DELETE FROM s WHERE price>30

    C) DELETE s FOR price>30

    D) DELETE s WHERE price>30

21. 正确的 SQL 插入命令的语法格式是(   )。

    A) INSERT IN…VALUES…   B) INSERT TO…VALUES…

C) INSERT　INTO…VALUES…　　　　　D) INSERT…VALUES…

二、填空题

1. 利用 SQL 语句的定义功能建立一个课程表,并且为课程号建立主索引,语句格式为:CREATE　TABLE　课程表(课程号　C(5)_____,课程名　C(30))。

2. 在 SQL 的 SELECT 查询中,使用_____关键词消除查询结果中的重复记录。

3. 使用 SQL 语言的 SELECT 语句进行分组查询时,如果希望去掉不满足条件的分组,应当在 GROUP　BY 中使用_____子句。

4. 将"学生"表中的学号字段的宽度由原来的 10 改为 12(字符型),应使用的命令是:
ALTER　TABLE　学生_____。

5. 查询设计器中的【分组依据】选项卡与 SQL 语句的_____短语对应。

6. 为"成绩"表中的"总分"字段增加有效性规则:"总分必须大于等于 0 并且小于等于 750",正确的 SQL 语句是:
_____TABLE　成绩　ALTER　总分_____总分＞＝0　AND　总分＜＝750

第8章 　Visual FoxPro 程序设计

本章导读

解决一个问题通常需要由若干条语句完成,而这些语句必须按照一定的顺序组织在一起,程序设计就是给出解决特定问题程序的过程,是软件构造活动中的重要组成部分。程序设计的步骤可划分为以下 6 个步骤。

(1) 问题分析。

对于接受的任务要进行认真的分析,研究所给定的条件,分析最后应达到的目标,找出解决问题的规律,选择解题的方法。

(2) 设计算法。

设计出解题的方法和具体步骤。

(3) 编写程序。

根据得到的算法,用一种高级语言编写出源程序。

(4) 对源程序进行编辑、编译和连接。

(5) 运行程序,分析结果。

运行可执行程序,得到运行结果。能得到运行结果并不意味着程序正确,还要分析结果是否合理。不合理要对程序进行调试,即通过上机发现和排除程序中的故障过程。

(6) 编写程序文档。

许多程序是提供给别人使用的,如同正式的产品应当提供产品说明书一样,正式提供给用户使用的程序,必须向用户提供程序说明书。内容应包括程序名称、程序功能、运行环境、程序的装入和启动、需要输入的数据,以及使用注意事项等。

结合项目要求,本章完成的具体任务说明如下。

任务 20 　浏览数据表中的记录

在图 8-1 所示的表单中编写各个命令按钮的 Click 事件,按要求浏览 rsb 中的数据。

任务 21 　用户登录界面及标签文本的循环滚动

在图 8-2 所示的表单中实现用户登录情况的检测,并实现文字的循环滚动效果。

任务 22 　按部门统计人数

在图 8-3 所示的表单中选择部门号,单击【统计】按钮,将该部门的人数显示在相应的文本框中。

任务 23 　分别求 $1 \sim n$ 间奇数、偶数和能被 3 整除的数的和

在图 8-4 所示的计算表单中输入一个正整数,单击【计算】按钮,则计算出不超过该数的奇数、偶数和能被 3 整除的数的和,并显示在对应的文本框中。

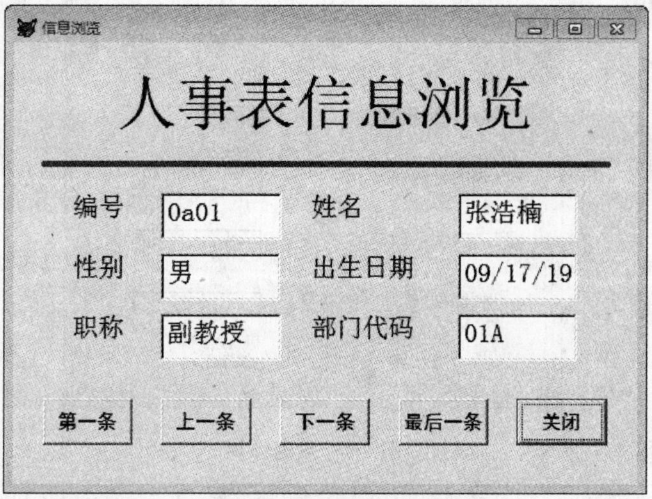

图 8-1　数据浏览

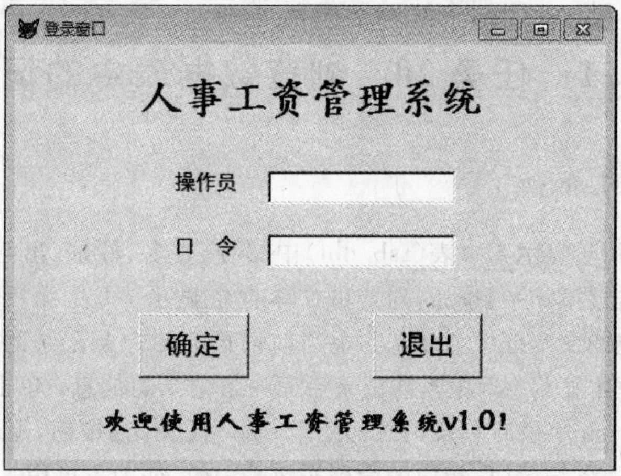

图 8-2　登录表单和滚动文字

图 8-3　部门人数统计

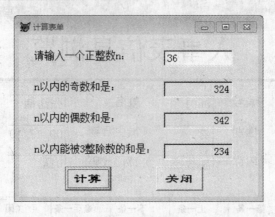

图 8-4　数据计算

任务 24　按选择调用过程完成相应的统计操作

根据用户的选择类型,调用对应的过程完成统计操作。

8.1　任务 20　浏览数据表中的记录

8.1.1　任务 20 介绍

信息浏览表单用于显示人事表(rsb.dbf)中编号、姓名、性别、出生日期、职称和部门代码字段的信息。单击【第一条】按钮,对应的文本框中显示 rsb 中第一条记录的信息;单击【上一条】按钮,对应的文本框中显示 rsb 中当前记录前面一条记录的信息;单击【下一条】按钮,对应的文本框中显示 rsb 中当前记录后面一条记录的信息;单击【最后一条】按钮,对应的文本框中显示 rsb 中最后一条记录的信息;单击【关闭】按钮,退出表单。当记录指针指向第一条或最后一条记录时,相应的命令按钮会失效,变为不可用。

8.1.2　任务 20 分析

1. 各个命令按钮执行的操作分析

1)【第一条】按钮

单击【第一条】按钮时,应该执行的操作内容为:

(1) 记录指针定位在 rsb 的第一条记录上。

(2)【第一条】和【上一条】命令按钮变为不可用。

(3)【下一条】和【最后一条】命令按钮可用。

(4) 刷新表单,以显示当前记录的信息。

2)【上一条】按钮

单击【上一条】按钮时,应该执行的操作内容为:

(1)【下一条】和【最后一条】命令按钮可用。

(2) 记录指针指向 rsb 当前记录的上一条记录。

（3）判断记录指针是否指向"表头"，如果指向"表头"，【第一条】和【上一条】按钮变为不可用。

（4）刷新表单，以显示当前记录的信息。

3)【下一条】按钮

单击【下一条】按钮时，应该执行的操作内容为：

（1）【第一条】和【上一条】命令按钮可用。

（2）记录指针指向 rsb 当前记录的下一条记录。

（3）判断记录指针是否指向"表尾"，如果指向"表尾"，【下一条】和【最后一条】按钮变为不可用。

（4）刷新表单，以显示当前记录的信息。

4)【最后一条】按钮

单击【最后一条】按钮时，应该执行的操作内容为：

（1）记录指针定位在 rsb 的最后一条记录上。

（2）【第一条】和【上一条】命令按钮可用。

（3）【下一条】和【最后一条】命令按钮变为不可用。

（4）刷新表单，以显示当前记录的信息。

5)【关闭】按钮

单击【关闭】按钮时，应该执行的操作内容为：关闭表单。

2. 程序文件的建立和运行

1) 程序文件的建立

方法 1：

单击【文件】菜单下的【新建】命令，在弹出的【新建】对话框中选中【程序】单选按钮，然后单击【新建文件】按钮。

方法 2：

在命令窗口中输入如下命令并执行：

```
MODIFY  COMMAND  [<程序文件名>]
```

2) 程序文件的运行

方法 1：

单击【程序】菜单下的【运行】命令，在弹出的【运行】对话框中选择需要运行的程序文件，然后单击【运行】按钮。

方法 2：

在命令窗口中输入如下命令并执行：

```
DO  <程序文件名> [.prg]
```

3. 程序结构

编写命令按钮的事件代码时，要将多条语句按照一定的结构组织在一起，而为了使语句的结构清晰，方便阅读理解，通常采用结构化的程序设计方法。

结构化程序设计方法将程序结构分为顺序、选择和循环三种基本结构,所有的程序都是由这三种结构以及它们之间的嵌套构成的。下面介绍这三种基本结构。

1) 顺序结构

顺序结构是按照语句的书写顺序依次执行每条语句,顺序结构的程序流程图如图 8-5 所示。

2) 选择结构

选择结构是根据条件是否成立,从多组语句中选择其中的一组语句执行,有时也称为分支结构,典型的双分支选择结构的程序流程图如图 8-6 所示。

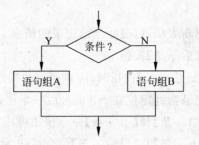

图 8-5　顺序结构流程图　　　　图 8-6　双分支选择结构流程图

(1) 单分支选择结构

格式:

```
IF   <条件>
    语句组
ENDIF
```

功能:

判断<条件>是否成立,如果成立,执行语句组;如果不成立,不执行语句组。

(2) 双分支选择结构

格式:

```
IF   <条件>
    语句组 1
ELSE
    语句组 2
ENDIF
```

功能:

判断<条件>是否成立,如果成立,执行语句组 1;如果不成立,执行语句组 2。

(3) 多分支选择结构

格式:

```
DO  CASE
    CASE  <条件 1>
        语句组 1
    CASE  <条件 2>
```

```
        语句组 2
        ⋮
    CASE  <条件 n>
        语句组 n
    [OTHERWISE
        语句组 n+1]
ENDCASE
```

功能：

从上到下依次判断各个<条件>是否成立，遇到第一个成立的条件，执行其后面对应的语句组，然后退出该结构；如果 n 个条件都不成立，有 OTHERWISE 子句，则执行其后面的语句组 n+1，否则不执行任何语句组。

3）循环结构

循环结构是重复执行同一组语句，直到条件不成立才退出该结构，有时也称为重复结构，循环结构的程序流程图如图 8-7 所示。

（1）DO　WHILE…ENDDO 结构循环

格式：

```
DO  WHILE  <条件>
    <循环体>
ENDDO
```

功能：

首先判断<条件>是否成立，如果成立，执行循环体语句，然后回到循环开始处重新判断条件，如果成立，重复上述操作；直到条件不成立，结束循环结构。

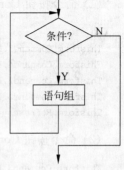

图 8-7　循环结构流程图

（2）FOR…ENDFOR 结构循环

格式：

```
FOR  <循环变量> = <初值>  TO  <终值>  [< STEP  步长值>]
    <循环体>
ENDFOR | NEXT
```

功能：

首先给循环变量赋初值，然后判断循环变量是否大于或等于初值，并且小于或等于<终值>这个条件，如果成立，执行循环体语句，并给循环变量增加一个步长值，回到循环开始处重复上述操作；直到循环变量不在初值和终值之间，结束循环结构。

注意：如果省略"<STEP 步长值>"子句，默认步长值为 1。

（3）SCAN…ENDSCAN 结构循环

格式：

```
SCAN  [范围]  [FOR  <条件>]  [WHILE  <条件>]
    <循环体>
ENDSCAN
```

功能：

对表中所有记录均扫描一遍,对指定范围内符合FOR|WHILE条件的记录执行循环体操作。

8.1.3 任务20实施步骤

步骤1:单击【文件】菜单下的【新建】命令,在弹出的【新建】对话框中选中【表单】单选按钮,然后单击【新建文件】按钮,打开【表单设计器】。

步骤2:单击【显示】菜单下的【数据环境】命令,将数据源rsb表添加到表单的【数据环境设计器】中。

步骤3:利用【表单控件】工具栏的对应按钮向表单中添加7个标签控件、1个线条控件、6个文本框控件和5个命令按钮控件。

步骤4:按照图8-1所示修改各个控件的属性。

步骤5:编写各个命令按钮的单击(Click)事件。

(1) 命令按钮Command1(第一条)的Click事件。

```
GO  TOP                              && 记录指针定位在第一条记录上
Thisform.Command3.Enabled = .T.
Thisform.Command4.Enabled = .T.
Thisform.Command1.Enabled = .F.
Thisform.Command2.Enabled = .F.
Thisform.Refresh
```

(2) 命令按钮Command2(上一条)的Click事件。

```
Thisform.Command3.Enabled = .T.
Thisform.Command4.Enabled = .T.
SKIP  - 1                            && 记录指针向前移动一条记录
IF  BOF( ) = .T.                     && 判断记录指针是否指向表头
    Thisform.Command1.Enabled = .F.
    Thisform.Command2.Enabled = .F.
ENDIF
Thisform.Refresh
```

(3) 命令按钮Command3(下一条)的Click事件。

```
Thisform.Command1.Enabled = .T.
Thisform.Command2.Enabled = .T.
SKIP                                 && 记录指针向后移动一条记录
IF  EOF( ) = .T.                     && 判断记录指针是否指向表尾
    Thisform.Command3.Enabled = .F.
    Thisform.Command4.Enabled = .F.
ENDIF
Thisform.Refresh
```

(4) 命令按钮Command4(最后一条)的Click事件。

```
GO  BOTTOM                           && 记录指针指向最后一条记录
Thisform.Command1.Enabled = .T.
Thisform.Command2.Enabled = .T.
Thisform.Command3.Enabled = .F.
```

```
Thisform.Command4.Enabled = .F.
Thisform.Refresh
```

（5）命令按钮 Command5（关闭）的 Click 事件。

```
Thisform.Release
```

步骤 6：单击【文件】菜单下的【保存】命令，在弹出的【另存为】对话框中输入文件名，单击【保存】按钮，任务 20 的设计完成。

8.1.4 任务 20 归纳总结

【第一条】和【最后一条】按钮的事件代码采用的是顺序结构，而【上一条】和【下一条】按钮要判断记录指针是否指向"表头"或"表尾"，如果指向"表头"或"表尾"要禁用对应的按钮，所以需要采用 IF…ENDIF 构成的单分支选择结构。

8.1.5 知识点拓展

在任务 20 中，当记录指针指向"表头"或"表尾"时，对应的命令按钮不可用；如果要实现记录的循环显示，即实现如下操作：①当记录指针指向第一条记录时，单击【上一条】按钮，记录指针指向最后一条记录；②当记录指针指向最后一条记录时，单击【下一条】按钮，记录指针指向第一条记录，则各个命令按钮 Click 事件代码修改如下。

（1）命令按钮 Command1（第一条）的 Click 事件。

```
GO  TOP
Thisform.Refresh
```

（2）命令按钮 Command2（上一条）的 Click 事件。

```
IF  RECNO( ) = 1                    && 记录指针指向第一条记录
    GO  BOTTOM
ELSE
    SKIP  - 1
ENDIF
Thisform.Refresh
```

（3）命令按钮 Command3（下一条）的 Click 事件。

```
IF  RECNO( ) = RECCOUNT( )          && 记录指针指向最后一条记录
    GO  TOP
ELSE
    SKIP
ENDIF
Thisform.Refresh
```

（4）命令按钮 Command4（最后一条）的 Click 事件。

```
GO  BOTTOM
Thisform.Refresh
```

注意：各命令按钮的 Click 事件代码都是在表没有排序（即无"索引顺序"）的前提下才

能正确执行。如果表已经按某关键字进行了排序,则各命令按钮的 Click 事件代码中首先应执行"SET INDEX TO"命令,取消排序状态。

8.2 任务 21 用户登录界面及标签文本的循环滚动

8.2.1 任务 21 介绍

图 8-2 所示的表单中实现了两项工作,工作一:用户登录检测,要求能够判断是用户名错误还是密码错误,并且当连续 3 次输入错误后禁用系统。工作二:滚动文字,要求标签文字"欢迎使用人事工资管理系统 v1.0!"从表单右侧向左侧移动,当从左侧移出表单时,再重新从右侧进入,以实现循环滚动效果。

8.2.2 任务 21 分析

1. 用户登录

首先需要有一个公共变量用来记录登录次数,接下来将记录指针定位在 operator 表中与输入的操作员一致的记录上,然后根据如下条件判断后续操作。

条件 1:如果登录次数小于或等于 3 次,并且输入的操作员姓名和口令正确,允许登录系统。

条件 2:如果登录次数小于或等于 3 次,并且输入的操作员姓名正确,但输入的口令错误,则提示用户"密码错误",并返回登录界面要求用户重新输入口令。

条件 3:如果登录次数小于或等于 3 次,但输入的操作员姓名错误,则提示用户"用户名错误",并返回登录界面要求用户重新输入用户名。

条件 4:如果登录次数大于 3 次,则禁止用户再次输入登录信息,关闭登录界面。

2. 滚动文字

标签文字"欢迎使用人事工资管理系统 v1.0!"实现移动的过程为:首先判断是否超出表单的左边界,如果超出,则将标签文字的左边界置于表单的右边界处;如果未超出,则将标签文字的左边界从右侧向左侧移动 5 个像素的距离。此移动操作需要每隔 100ms 重复执行 1 次,所以要用计时器(Timer)控件实现。

8.2.3 任务 21 实施步骤

步骤 1:单击【文件】菜单下的【新建】命令,在弹出的【新建】对话框中选中【表单】单选按钮,然后单击【新建文件】按钮,打开【表单设计器】。

步骤 2:单击【显示】菜单下的【数据环境】命令,将数据源 operator.dbf 表添加到表单的【数据环境设计器】中。

步骤 3:利用【表单控件】工具栏的对应按钮向表单中添加 4 个标签控件、2 个文本框控件、2 个命令按钮控件和 1 个计时器控件。

步骤 4:按照图 8-2 所示修改各个控件的属性(Timer1 的 Interval 属性值设置为 100)。

步骤 5:编写相关控件的事件。

(1) Form1 的 Init 事件。

```
SET   EXACT   ON
PUBLIC  i                              && 定义公共变量 i
i = 1
Thisform. Label4. left = Thisform. Width      && 确定滚动文字的起始位置
Thisform. Text1. SetFocus               && 为文本框 1 设置焦点
```

(2) Form1 的 Unload 事件。

```
RELEASE  i                             && 释放公共变量 i
SET  EXACT   OFF
Thisform. Release
```

(3) 命令按钮 Command1(登录)的 Click 事件。

```
i = i + 1                              && 控制登录次数
***** 当前工作区中为 operator 表 *****
IF   USED("operator.dbf")
    SELECT   operator
ELSE
    USE  operator
ENDIF
***** 根据不同的情况判断用户登录情况 *****
LOCATE   FOR   ALLTRIM(操作员姓名) == ALLTRIM(Thisform. Text1. Value)
DO   CASE
***** 登录次数少于 3 次,用户名和口令都正确 *****
    CASE  i <= 3  .AND.  FOUND( )  .AND.  ;
      ALLTRIM(Thisform. Text2. Value) == ALLTRIM(operator. 口令)
        RELEASE  Thisform
        DO  FORM  main
***** 登录次数少于 3 次,用户名正确,但口令错误 *****
    CASE  i <= 3  .AND.  FOUND( )  .AND.  ;
      ALLTRIM(Thisform. Text2. Value) ! = ALLTRIM(operator. 口令)
         = MESSAGEBOX("密码错误,请重新输入!",0,"警告")
        Thisform. Text2. Value = ""
        Thisform. Text2. SetFocus
***** 登录次数少于 3 次,用户名错误 *****
    CASE  i <= 3 .AND.  .NOT.  FOUND( )
         = MESSAGEBOX("操作员姓名错误,请重新输入!",0,"警告")
        Thisform. Text1. Value = ""
        Thisform. Text2. Value = ""
        Thisform. Text1. SetFocus
***** 登录次数多于 3 次 *****
    CASE  i > 3
        Thisform. Text1. Enabled = .F.
        Thisform. Text2. Enabled = .F.
         = MESSAGEBOX("禁止进入系统!",0,"警告")
        Thisform. Release
ENDCASE
```

(4) 命令按钮 Command2(退出)的 Click 事件。

```
Thisform. Release
```

（5）计时器 Timer1 的 Timer 事件。

```
*****标签每隔 100ms 向左移动 5 个像素单位 *****
*****如果标签超出表单左边界，则重新从右侧进入表单 *****
IF  Thisform.Label4.Left < - Thisform.Label4.Width
    Thisform.Label4.Left = Thisform.Width
ELSE
    Thisform.Label4.Left = Thisform.Label4.Left - 5
ENDIF
```

步骤 6：单击【文件】菜单下的【保存】命令，在弹出的【另存为】对话框中输入文件名，单击【保存】按钮，任务 21 的设计完成。

8.2.4 任务 21 归纳总结

任务 21 中【登录】按钮的事件代码中用变量 i 控制非法用户的登录次数，即变量 i 需要具有记录登录次数的"记忆"功能，因此在表单（Form1）的 Init 事件中用 PUBLIC 定义变量 i 为公共变量。

用户输入登录信息后，有 4 种可能的结果，可以采用 3 个 IF…ELSE…ENDIF 这种双分支选择结构的嵌套实现，也可以采用 DO CASE…ENDCASE 这种多分支选择结构实现。

文字的滚动效果是通过标签控件位置的移动来实现的，只需要每隔一定的时间间隔（100ms）调用计时器（Timer1）控件的 Timer 事件即可。

8.2.5 知识点拓展

用 IF…ELSE…ENDIF 结构实现用户登录信息的检测，Command1（登录）按钮的 Click 事件代码如下：

```
i = i + 1
IF  USED("operator.dbf")
    SELECT  operator
ELSE
    USE  operator
ENDIF
*****定位用户 *****
LOCATE  FOR  ALLTRIM(操作员姓名) = ALLTRIM(Thisform.Text1.Value)
IF  i <= 3                           && 判断登录次数
    IF  FOUND( )                     && 判断用户是否存在
        *****判断口令 *****
        IF  ALLTRIM(Thisform.Text2.Value) == ALLTRIM(operator.口令)
            RELEASE  Thisform
            DO  FORM  main
        ELSE
            = MESSAGEBOX("密码错误,请重新输入!",0,"警告")
            Thisform.Text2.Value = ""
            Thisform.Text2.SetFocus
        ENDIF
    ELSE
        = MESSAGEBOX("操作员姓名错误,请重新输入!",0,"警告")
```

```
            Thisform.Text1.Value = ""
            Thisform.Text2.Value = ""
            Thisform.Text1.SetFocus
        ENDIF
ELSE
    Thisform.Text1.Enabled = .F.
    Thisform.Text2.Enabled = .F.
     = MESSAGEBOX("禁止进入系统!",0,"警告")
    Thisform.Release
ENDIF
```

8.3　任务 22　按部门统计人数

8.3.1　任务 22 介绍

在图 8-3 所示的表单中,组合框中显示 rsb 表中的所有部门代码(去掉重复值),用户选择某个部门代码后,单击【统计】按钮统计该部门的人数,并将人数显示在文本框中;单击【退出】按钮,关闭表单。

8.3.2　任务 22 分析

组合框(Combo1)中不重复显示 rsb 表中的所有部门代码,所以应该将其 RowSourceType 属性设置为"3-SQL 语句",RowSource 属性设置为"SELECT DISTINCT 部门代码 FROM rsb INTO CURSOR tmp"。

【统计】按钮实现的功能通过如下操作实现。

(1) 确定当前工作区中的表是 rsb 表。

(2) 记录指针指向第一条记录。

(3) 定义记录人数的变量并赋初始值。

(4) 判断记录指针是否指向表尾,如果指向表尾,则执行第(5)步操作;如果未指向表尾,则重复如下操作。

① 判断当前记录的部门代码是否是需要统计的部门,如果是,则将记录人数的变量值加 1。

② 记录指针向后移动一条记录,转去执行第(4)步操作。

(5) 将记录人数的变量值显示在表单对应的文本框中。

8.3.3　任务 22 实施步骤

步骤 1:单击【文件】菜单下的【新建】命令,在弹出的【新建】对话框中选中【表单】单选按钮,然后单击【新建文件】按钮,打开【表单设计器】。

步骤 2:单击【显示】菜单下的【数据环境】命令,将数据源 rsb 表添加到表单的【数据环境设计器】中。

步骤 3:利用【表单控件】工具栏的对应按钮向表单中添加 2 个标签控件、1 个组合框控件、1 个文本框控件和 2 个命令按钮控件。

步骤4：按照图8-3所示修改各个控件的属性。

步骤5：编写各个命令按钮的单击(Click)事件。

(1) 命令按钮 Command1(统计)的 Click 事件。

```
*****当前工作区是 rsb.dbf*****
IF  USED("rsb.dbf")
    SELECT  rsb
ELSE
    USE  rsb
ENDIF
GO  TOP
*****定义存放人数的变量 renshu*****
STORE  0  TO  renshu
*****对所有记录进行判断统计*****
DO  WHILE  .NOT.  EOF( )
*****判断是否符合统计条件,符合条件的将变量 renshu 累加1*****
    IF  部门代码 = ALLTRIM(Thisform.Combo1.Value)
        renshu = renshu + 1
    ENDIF
    *****移动记录指针*****
    SKIP
ENDDO
*****显示统计结果*****
Thisform.Text1.Value = renshu
```

(2) 命令按钮 Command2(退出)的 Click 事件。

```
Thisform.Release
```

步骤6：单击【文件】菜单下的【保存】命令,在弹出的【另存为】对话框中输入文件名,单击【保存】按钮,任务22的设计完成。

8.3.4 任务22归纳总结

任务22中要求对所有记录的部门代码进行判断,因此需要用循环结构控制(本例采用 DO WHILE…ENDDO 循环结构),而循环的终止条件是记录指针指向表尾——EOF()函数的返回值为"真",但此时循环条件应该为"假"才能结束循环,所以条件为:.NOT. EOF()。而对每条记录所做的操作为:判断当前记录的部门代码与组合框中所选的内容是否一致,如果一致,说明当前记录满足统计人数的条件,需要将存放人数的变量自增1,如果不一致,存放人数的变量不变,因此用 IF…ENDIF 单分支选择结构实现。每条记录判断结束后,记录指针需要向后移动,以指向下一条记录,因此在循环体中要使用 SKIP 命令移动记录指针。

8.3.5 知识点拓展

如果采用直接查找记录的方法完成任务22,Command1(统计)按钮的事件代码为:

```
IF  USED("rsb.dbf")
    SELECT  rsb
```

```
ELSE
    USE  rsb
ENDIF
GO  TOP
STORE  0  TO  renshu
LOCATE  FOR  部门代码 = ALLTRIM(Thisform.Combo1.Value)
DO  WHILE  FOUND( )
    renshu = renshu + 1
    CONTINUE
ENDDO
Thisform.Text1.Value = renshu
```

对表中所有数据进行操作还可以利用 SCAN…ENDSCAN 结构来完成,Command1(统计)按钮的事件代码为:

```
IF  USED("rsb.dbf")
    SELECT  rsb
ELSE
    USE  rsb
ENDIF
GO  TOP
STORE  0  TO  renshu
SCAN  FOR  部门代码 = ALLTRIM(Thisform.Combo1.Value)
    renshu = renshu + 1
ENDSCAN
Thisform.Text1.Value = renshu
```

8.4 任务 23 分别求 1~n 间奇数、偶数和能被 3 整除的数的和

8.4.1 任务 23 介绍

任务 23 的功能是:在文本框(Text1)中随意输入一个正整数,单击【计算】按钮,分别自动计算出不大于该数的所有奇数的和、偶数的和及能被 3 整除的数的和,并将结果显示在对应的文本框(Text2、Text3、Text4)中;单击【关闭】按钮退出表单。运行界面如图 8-4 所示。

8.4.2 任务 23 分析

正整数 n 由用户随机输入,首先需要判断 n 是否是正整数,如果不是,要给用户相关提示,并要求用户重新输入;如果是,才可以进行计算。计算过程如下。

(1) 建立 3 个变量,并赋初值为 0,用于存放结果。

(2) 对 n 以内所有的正整数依次进行判断,根据判断结果依次将数累加到对应变量上,因此需要用循环结构控制执行次数,用选择结构确定将数累加到哪个变量上。

(3) 将 3 个变量的值赋到相应的文本框中显示出来。

8.4.3 任务 23 实施步骤

步骤 1:单击【文件】菜单下的【新建】命令,在弹出的【新建】对话框中选中【表单】单选按钮,然后单击【新建文件】按钮,打开【表单设计器】。

步骤 2：利用【表单控件】工具栏的对应按钮向表单中添加 4 个标签控件、4 个文本框控件和 2 个命令按钮控件。

步骤 3：按照图 8-4 所示修改各个控件的属性。

步骤 4：编写各个命令按钮的单击(Click)事件。

(1) 命令按钮 Command1(计算)的 Click 事件。

```
n = VAL(ALLTRIM(Thisform.Text1.Value))
***** 输入的不是正整数 *****
IF  INT(n) != n .OR.  n < 0
    = MESSAGEBOX("你输入的不是正整数,请重新输入!!!")
    Thisform.Text1.Value = ""
    Thisform.Text2.Value = ""
    Thisform.Text3.Value = ""
    Thisform.Text4.Value = ""
    Thisform.Text1.Setfocus
ELSE
***** 输入正整数 *****
    STORE  0  TO  s1,s2,s3
    FOR  i = 1  TO  n                      && 控制循环次数
        IF  i % 2 = 0                      && 偶数
            s2 = s2 + i
        ELSE                              && 奇数
            s1 = s1 + i
        ENDIF
        IF  i % 3 = 0                      && 能被 3 整除的数
            s3 = s3 + i
        ENDIF
    ENDFOR
    Thisform.Text2.Value = INT(s1)
    Thisform.Text3.Value = INT(s2)
    Thisform.Text4.Value = INT(s3)
    Thisform.Refresh
ENDIF
```

(2) 命令按钮 Command2(关闭)的 Click 事件。

```
Thisform.Release
```

步骤 5：单击【文件】菜单下的【保存】命令,在弹出的【另存为】对话框中输入文件名,单击【保存】按钮,任务 23 的设计完成。

8.4.4 任务 23 归纳总结

任务 23 是进行数字运算,首先需要将文本框中输入的数字字符用 VAL( )函数转换为数值型数据。然后利用 IF…ELSE…ENDIF 双分支选择结构实现对输入的数据进行处理,如果输入的数据非法,给用户相应的提示并要求用户重新输入;如果合法,则进行如下计算。

利用 FOR…ENDFOR 结构控制计算的次数,初始值为 1,终止值为用户输入的数据,步长值为 1;循环体实现分类计算,即能被 2 整除的数($i \% 2 = 0$ 成立)为偶数,累加到变量

s2 上,不能被 2 整除的数(i ％ 2 ＝ 0 不成立)为奇数,累加到变量 s1 上,能被 3 整除的数(i ％ 3 ＝ 0 成立)累加到变量 s3 上;最后将变量 s1、s2、s3 取整(因为系统对于数值型数据默认保留两位小数)后显示到对应的文本框中。

8.4.5 知识点拓展

1. 循环结构的嵌套

若要输出图 8-8 所示的由"＊"构成的等腰三角形,就需要用两个循环的嵌套结构实现,其中外层循环用来控制输出的行数,内层循环用来控制每一行如何输出。

```
        *
       ***
      *****
     *******
    *********
```

图 8-8 等腰三角形

(1) 用 FOR…ENDFOR 结构输出图 8-8 的图形,程序代码如下:

```
SET  TALK  OFF
CLEAR
FOR  i = 1  TO  5                  && 控制输出的行数
    ??SPACE(5 - i)                 && 输出前导空格
    FOR  j = 1  TO  2 * i - 1      && 控制每行的输出
        ??" * "
    ENDFOR
    ?                              && 换行
ENDFOR
SET  TALK  ON
RETURN
```

(2) 用 DO WHILE…ENDDO 结构输出图 8-8 的图形,程序代码如下:

```
SET  TALK  OFF
CLEAR
STORE  1  TO  i, j
DO  WHILE  i <= 5
    j = 1
    ??SPACE(5 - i)
    DO  WHILE  j <= 2 * i - 1
        ??" * "
        j = j + 1
    ENDDO
    ?
    i = i + 1
ENDDO
SET  TALK  ON
RETURN
```

2. LOOP 和 EXIT 命令

在循环程序的执行过程中,如果执行到 LOOP 命令,则提前结束本次循环的执行,转去循环开始处进行下一次循环条件的判断。

在循环程序的执行过程中,如果执行到 EXIT 命令,则结束整个循环结构的执行,退出循环,转去执行循环结构后面的语句。例如:在如下程序段中,当循环变量 i 执行到 1、2、3 时,s 的值均小于 9,因此这 3 次循环都执行 LOOP 命令,提前结束了当次循环;当循环变量 i 执行到 4、5 时,s 的值大于 9 但小于 18,正常结束当次循环;当循环变量 i 执行到 6 时,s 的值大于 18,因此执行 EXIT 命令,结束循环结构,执行其后的输出语句,得到输出结果为: 6 21。

```
*****包含 LOOP 和 EXIT 命令的程序*****
SET  TALK  OFF
CLEAR
s = 0
FOR  i = 1  TO  100
    s = s + i
    IF  s < 9
        LOOP                        && 当 s 小于 9 时结束本次循环
    ENDIF
    IF  s > 18
        EXIT                        && 当 s 大于 18 时退出循环
    ENDIF
ENDFOR
?i, s
SET  TALK  ON
RETURN
```

8.5 任务 24 按选择调用过程完成相应的统计操作

8.5.1 任务 24 介绍

任务 24 的功能是:用户从"1-性别,2-职称,3-部门"三种类别中进行选择,程序根据用户的选择调用对应的过程完成统计操作,即按照用户选择的类别分组统计出员工的人数、工资总额、平均工资、最高工资和最低工资,并将统计结果存放到数据表中。

8.5.2 任务 24 分析

1. 任务 24 执行过程分析

用户首先需要从性别、职称、部门 3 种类型中做出选择,根据不同的选择调用对应的过程实现统计操作,执行过程如下。

(1) 给出用户提示,要求用户选择统计类型。

(2) 利用 DO CASE…ENDCASE 多分支选择结构判断用户的选择,并调用相应的过程实现统计操作。

2. 用户交互命令

命令 1:

INPUT [<提示信息>] TO <内存变量名>

说明：允许用户从键盘输入任何类型的常量，并把输入的信息直接赋值给内存变量；也允许用户输入变量名，并把该变量的值赋给内存变量；按 Enter 键结束用户输入。

命令 2：

ACCEPT　[<提示信息>]　TO　<内存变量名>

说明：只允许用户从键盘输入字符型常量，并把输入的信息两边加字符型数据的定界符赋值给内存变量；按 Enter 键结束用户输入。

命令 3：

WAIT　[<提示信息>][TO　<内存变量名>]；
　　[WINDOWS　[AT　<行号>,<列号>]][TIMEOUT　<超时时间值>]

说明：要求用户按键盘上的任意键，并把按键的字符两边加字符型数据的定界符赋值给内存变量；按任意键后自动结束该命令。

3. 过程定义

```
PROCEDURE　<过程名>
[PARAMETERS | LPARAMETERS　<形参列表>]
　　<过程体>
RETURN　[<返回值>]
[ENDPROC]
```

4. 过程调用

格式 1：

DO　<过程名>　[WITH　<实参列表>]

格式 2：

<过程名>(实参列表)

8.5.3　任务 24 实施步骤

步骤 1：单击【文件】菜单下的【新建】命令，在弹出的【新建】对话框中选中【程序】单选按钮，然后单击【新建文件】按钮，打开"程序 1"代码编写界面。

步骤 2：在"程序 1"代码编写窗口中输入如下代码。

```
CLEAR
*****等待用户从键盘输入数字 1、2、3 决定统计类别*****
INPUT　"请输入你的选择(1-性别,2-职称,3-部门):"　TO　xx
*****根据 xx 接收的用户输入数值,决定调用的过程*****
DO　CASE
　　CASE　xx = 1
　　　　DO　mk1
　　CASE　xx = 2
　　　　DO　mk2
　　CASE　xx = 3
　　　　DO　mk3
ENDCASE
```

```
*****过程 mk1 实现按性别统计*****
PROCEDURE  mk1
    SELECT  rsb.性别,COUNT(*)  AS  人数,;
     SUM(gzb.基本工资)  AS 工资总额,AVG(gzb.基本工资)  AS 平均工资,;
     MAX(gzb.基本工资)  AS 最高工资,MIN(gzb.基本工资)  AS 最低工资;
     FROM  rsb  INNER  JOIN  gzb  ON  rsb.编号 = gzb.编号;
     GROUP  BY  rsb.性别  INTO  TABLE  xbtj
RETURN
ENDPROC


*****过程 mk2 实现按职称统计*****
PROCEDURE  mk2
    SELECT  rsb.职称,COUNT(*)  AS  人数,;
     SUM(gzb.基本工资)  AS 工资总额,AVG(gzb.基本工资)  AS 平均工资,;
     MAX(gzb.基本工资)  AS 最高工资,MIN(gzb.基本工资)  AS 最低工资;
     FROM  rsb  INNER  JOIN  gzb  ON  rsb.编号 = gzb.编号;
     GROUP  BY  rsb.职称  INTO  TABLE  zctj
RETURN
ENDPROC


*****过程 mk3 实现按部门统计*****
PROCEDURE  mk3
    SELECT  bmdm.部门名称,COUNT(*)  AS  人数,;
     SUM(gzb.基本工资)  AS 工资总额,AVG(gzb.基本工资)  AS 平均工资,;
     MAX(gzb.基本工资)  AS 最高工资,MIN(gzb.基本工资)  AS 最低工资;
     FROM  rsb,gzb.bmdm ;
     WHERE  rsb.编号 = gzb.编号  AND  rsb.部门代码 = bmdm.代码 ;
     GROUP  BY  rsb.部门代码  INTO  TABLE  bmtj
RETURN
ENDPROC
```

步骤 3：单击【文件】菜单下的【保存】命令,在弹出的【另存为】对话框中输入文件名,单击【保存】按钮,任务 24 的设计完成。

8.5.4　任务 24 归纳总结

下面介绍任务 24 涉及的知识点。

1. 人机交互命令——INPUT

要求用户输入数字 1、2、3,分别代表性别、职称、部门,输入数字后按 Enter 键结束输入。

2. 多分支选择结构——DO　CASE…ENDCASE

根据内存变量 xx 值的不同调用相关的过程实现统计操作。

3. 过程调用

任务 24 采用的是无参调用,格式为：DO　＜过程名＞。

4. 定义过程

过程的定义必须用关键字 PROCEDURE 声明,过程体采用 SQL-SELECT 语句实现多表的统计查询。

8.5.5 知识点拓展

1. 变量作用范围

在多模块程序中,内存变量根据作用范围的不同可分为公共变量、私有变量和局部变量。

1) 公共变量

格式:

PUBLIC <变量名表>

说明:

公共变量在多模块程序的任何模块中都有效,在整个程序运行结束后才释放,使用前必须先声明。在 Visual FoxPro 命令窗口中未声明的变量默认为公共变量。

2) 私有变量

格式:

PRIVATE <变量名表>

说明:

在多模块程序中,私有变量只在声明它的模块及下级模块中有效,当程序返回到上级模块后自动释放私有变量。在程序中未声明的变量默认为私有变量。

3) 局部变量

格式:

LOCAL <变量名表>

说明:

在多模块程序中,局部变量只在声明它的模块中有效,使用前必须先声明,当本模块执行结束后自动释放局部变量。

注意:在多模块程序中如果使用同名变量时有如下两种情况。

(1) 在下级模块中直接使用上级模块中的同名变量,则上下级模块使用的是同一个变量,在下级模块中对该变量的修改会返回给上级模块。例如:

```
***** 上级模块 *****
m = 100
n = 200
DO  sub
?"m = ",m,"n = ",n
RETURN


***** 下级模块 *****
PROCEDURE  sub
m = 50                          && 使用了同名变量 m
?"m = ",m,"n = ",n
RETURN
```

运行结果为:

```
m = 50    n = 200                           && 下级模块 sub 的输出
m = 50    n = 200                           && 上级模块的输出
```

(2) 在下级模块中重新声明上级模块中的同名变量,则把上级模块中的同名变量保护起来,在下级模块中使用新声明的变量(相当于重新建立一个变量);当下级模块执行结束返回上级模块后,释放下级模块声明的变量,恢复原有上级模块的变量。例如:

```
***** 上级模块 *****
m = 100
n = 200
DO  sub
?"m = ",m,"n = ",n
RETURN

***** 下级模块 *****
PROCEDURE  sub
PRIVATE  m                           && 声明使用了同名变量 m
m = 50
?"m = ",m,"n = ",n
RETURN
```

运行结果为:

```
m = 50    n = 200                           && 下级模块 sub 的输出
m = 100   n = 200                           && 上级模块的输出
```

2. 带参调用

调用过程时如果涉及参数传递,则在定义过程时必须声明用于接收参数的形式变量(即形式参数),调用过程的格式有两种:

(1) DO <过程名> WITH <实参列表>

(2) <过程名>(<实参列表>)

带参调用时,传递参数分为按值传递和按引用传递两种情况,系统默认采用按值传递,也可以用命令改为按引用传递。命令格式为:

```
SET  UDFPARMS  TO  VALUE | REFERENCE
```

其中:VALUE 为按值传递,REFERENCE 为按引用传递。

注意:

(1) 过程调用时,如果实参为常量或表达式时,采用按值传递方式;如果实参为变量时,采用按引用传递方式。

(2) 如果采用 DO 命令调用,SET UDFPARMS TO VALUE | REFERENCE 命令无效,如实例 1 和实例 2 所示。

实例 1:

```
***** 主程序模块 *****
SET  TALK  OFF
CLEAR
x = 100
```

```
y = 200
SET  UDFPARMS  TO  VALUE          && 设置为按值传递
DO  swap  WITH  x,y               && 实际为按引用传递
?"x = ",x,"y = ",y
RETURN


    *****过程 swap*****
PROCEDURE  swap
    PARAMETERS  a,b
    a = a + b
    b = a − b
    a = a − b
    ?"a = ",a,"b = ",b
RETURN
ENDPROC
```

运行结果为：

```
a = 200   b = 100
x = 200   y = 100
```

实例 2：

```
    *****主程序模块*****
SET  TALK  OFF
CLEAR
x = 100
y = 200
SET  UDFPARMS  TO  REFERENCE      && 设置为按引用传递
DO  swap  WITH  x,y               && 实际为按引用传递
?"x = ",x,"y = ",y
RETURN


    *****过程 swap*****
PROCEDURE  swap
    PARAMETERS  a,b
    a = a + b
    b = a − b
    a = a − b
    ?"a = ",a,"b = ",b
RETURN
ENDPROC
```

运行结果为：

```
a = 200   b = 100
x = 200   y = 100
```

（3）如果采用＜过程名＞（实参列表）格式调用，SET UDFPARMS TO VALUE |
REFERENCE 命令有效，如实例 3 和实例 4 所示。

实例 3：

```
***** 主程序模块 *****
SET  TALK  OFF
CLEAR
x = 100
y = 200
SET  UDFPARMS  TO  VALUE            && 设置为按值传递
swap(x, y)                         && 实际为按值传递
?"x = ", x, "y = ", y
RETURN


***** 过程 swap *****
PROCEDURE  swap
    PARAMETERS  a, b
    a = a + b
    b = a - b
    a = a - b
    ?"a = ", a, "b = ", b
RETURN
ENDPROC
```

运行结果为：

```
a = 200   b = 100
x = 100   y = 200
```

实例 4：

```
***** 主程序模块 *****
SET  TALK  OFF
CLEAR
x = 100
y = 200
SET  UDFPARMS  TO  REFERENCE        && 设置为按引用传递
swap(x, y)                         && 实际为按引用传递
?"x = ", x, "y = ", y
RETURN


***** 过程 swap *****
PROCEDURE  swap
    PARAMETERS  a, b
    a = a + b
    b = a - b
    a = a - b
    ?"a = ", a, "b = ", b
RETURN
ENDPROC
```

运行结果为：

```
a = 200   b = 100
x = 200   y = 100
```

（4）如果将实际参数用圆括号括起来，无论何时都强制为按值调用，如实例 5 所示。

实例 5：

```
***** 主程序模块 *****
SET TALK OFF
CLEAR
x = 100
y = 200
SET UDFPARMS TO REFERENCE        && 设置为按引用传递
DO swap WITH (x),y               && 实际 x 按值传递,y 按引用传递
?"x = ",x,"y = ",y
RETURN

***** 过程 swap *****
PROCEDURE swap
    PARAMETERS a,b
    a = a + b
    b = a - b
    a = a - b
    ?"a = ",a,"b = ",b
RETURN
ENDPROC
```

运行结果为：

```
a = 200   b = 100
x = 100   y = 100
```

8.6 实训任务 销售管理系统中相关程序的设计

实训目的：

（1）掌握程序文件的建立、修改、运行和调试的方法。

（2）掌握顺序结构程序的特点和设计方法。

（3）掌握选择结构程序的构成、特点和设计方法。

（4）掌握循环结构程序的构成、特点和设计方法。

实训内容：

（1）建立主程序 main.prg。要求：对 Visual FoxPro 工作环境（例如：时间显示方式、默认工作路径、系统菜单等）进行配置，启动事件处理程序。

（2）设计登录表单，编写【登录】按钮的 Click 事件代码。要求：能够记录用户的登录权限；限制用户登录次数最多为 3 次；登录时能够判断用户错误输入的信息；并能给出相应的错误提示信息。登录表单的运行界面如图 8-9 所示。

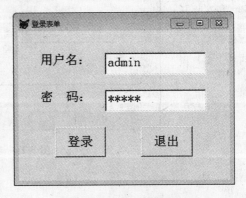

图 8-9 登录表单运行界面

（3）设计"客户信息管理"表单，编写相应按钮的 Click 事件代码。要求：能够对客户信息进行浏览，添加新的客户信息，修改当前客户信息，删除当前客户信息，运行界面如图 8-10 所示；能够按照输入的客户名称查询相应的客户信息，运行界面如图 8-11 所示。

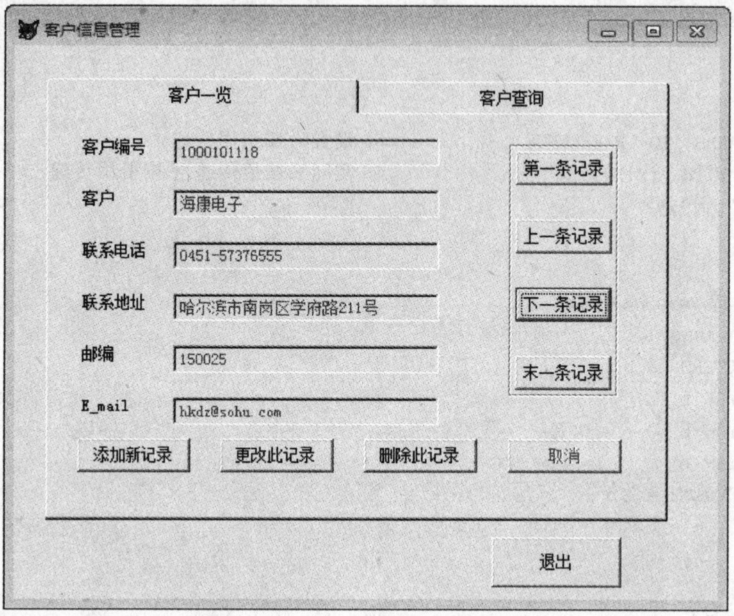

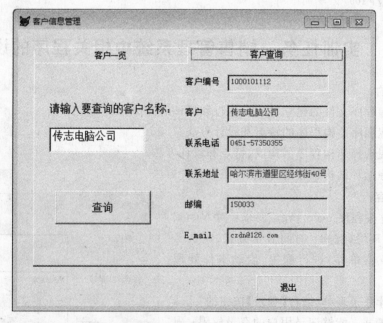

图 8-10　客户记录浏览、添加、修改、删除表单

图 8-11　客户信息查询表单

习 题 8

一、选择题

1. 在 Visual FoxPro 中,如果希望跳出 SCAN…ENDSCAN 循环语句,执行 ENDSCAN 后面的语句,应使用( )。

    A) LOOP 语句   B) EXIT 语句   C) BREAK 语句   D) RETURN 语句

2. 假设新建了一个程序文件 myProc.prg(不存在同名的.exe、.app 和.fxp 文件),然后在命令窗口输入命令 DO myProc,执行该程序并获得了正常的结果。现在用命令 ERASE myProc.prg 删除该程序文件,然后再次执行命令 DO myProc,产生的结果是( )。

    A) 出错(找不到文件)

    B) 与第一次执行的结果相同

    C) 系统打开【运行】对话框,要求指定文件

    D) 以上都不对

3. 下列程序段的输出结果是( )。

```
ACCEPT  TO  A
IF  A = [123]
    S = 0
ENDIF
S = 1
?S
```

    A) 0   B) 1   C) 123   D) 由 A 的值决定

4. 在 Visual FoxPro 中,编译后的程序文件的扩展名为( )。

    A) PRG   B) EXE   C) DBC   D) FXP

5. 下列程序段执行时在屏幕上显示的结果是( )。

```
x1 = 20
x2 = 30
SET  UDFPARMS  TO  VALUE
DO  test  WITH  x1,x2
?x1,x2
PROCEDURE  test
PARAMETERS  a,b
    x = a
    a = b
    b = x
ENDPRO
```

    A) 30   30   B) 30   20   C) 20   20   D) 20   30

6. 下列程序段执行时在屏幕上显示的结果是( )。

```
DIME  a(6)
a(1) = 1
a(2) = 1
```

```
FOR  i = 3  TO  6
    a(i) = a(i - 1) + a(i - 2)
NEXT
?a(6)
```

  A) 5   B) 6   C) 7   D) 8

7. 在 Visual FoxPro 中,有如下程序,函数 IIF( )返回值是( )。

```
* 程序
PRIVATE  X, Y
STORE  "男"  TO  X
Y = LEN(X) + 2
?IIF(Y < 4, "男","女")
RETURN
```

  A) "女"   B) "男"   C) .T.   D) .F.

8. 在 Visual FoxPro 中,程序中不需要用 PUBLIC 等命令明确声明和建立,可直接使用的内存变量是( )。

  A) 局部变量   B) 私有变量   C) 公共变量   D) 全局变量

9. 在 Visual FoxPro 中,用于建立或修改程序文件的命令是( )。

  A) MODIFY <文件名>

  B) MODIFY COMMAND <文件名>

  C) MODIFY PROCEDURE <文件名>

  D) B 和 C 都对

10. 在 Visual FoxPro 中有如下程序:

```
* 程序名: TEST.PRG
* 调用方法: DO TEST
SET  TALK  OFF
CLOSE  ALL
CLEAR  ALL
mX = "Visual FoxPro"
mY = "二级"
DO  SUB1  WITH  mX
? mY + mX
RETURN
* 子程序: SUB1.PRG
PROCEDURE  SUB1
PARAMETERS  mX
LOCAL  mX
mX = "Visual FoxPro DBMS 考试"
mY = "计算机等级" +  mY
RETURN
```

执行命令 DO TEST 后,屏幕的显示结果为( )。

  A) 二级 Visual FoxPro

  B) 计算机等级二级 Visual FoxPro DBMS 考试

  C) 二级 Visual FoxPro DBMS 考试

D) 计算机等级二级 Visual FoxPro

11. 如果有定义 LOCAL data,data 的初值是(   )。

    A) 整数 0   B) 不定值   C) 逻辑真   D) 逻辑假

12. 下列程序段执行以后,内存变量 y 的值是(   )。

```
x = 34567
y = 0
DO WHILE x > 0
    y = x % 10 + y * 10
    x = int(x/10)
ENDDO
```

    A) 3456   B) 34567   C) 7654   D) 76543

13. 如果在命令窗口执行命令:LIST 名称,主窗口中显示

记录号	名称
1	电视机
2	计算机
3	电话线
4	电冰箱
5	电线

假定名称字段为字符型,宽度为 6,那么下面程序段的输出结果是(   )。

```
GO 2
SCAN NEXT 4 FOR LEFT(名称,2) = "电"
    IF RIGHT(名称,2) = "线"
        EXIT
    ENDIF
ENDSCAN
?名称
```

    A) 电话线   B) 电线   C) 电冰箱   D) 电视机

14. 在 DO WHILE…ENDDO 循环结构中,LOOP 命令的作用是(   )。

    A) 退出过程,返回程序开始处

    B) 转移到 DO WHILE 语句行,开始下一个判断和循环

    C) 终止循环,将控制转移到本循环结构 ENDDO 后面的第一条语句继续执行

    D) 终止程序执行

15. 在 DO WHILE…ENDDO 循环结构中,EXIT 命令的作用是(   )。

    A) 退出过程,返回程序开始处

    B) 转移到 DO WHILE 语句行,开始下一个判断和循环

    C) 终止循环,将控制转移到本循环结构 ENDDO 后面的第一条语句继续执行

    D) 终止程序执行

二、填空题

1. 执行下述程序段,显示的结果是_____。

```
A = 10
```

```
B = 20
?IIF(A > B,"A 大于 B","A 不大于 B")
```

2. 仅由顺序、选择(分支)和重复(循环)结构构成的程序是＿＿＿＿＿＿＿程序。

3. 在 Visual FoxPro 中,有如下程序:

```
* 程序名: TEST.PRG
SET TALK OFF
PRIVATE X, Y
X = "数据库"
Y = "管理系统"
DO sub1
?X + Y
RETURN
* 子程序: sub1
PROCEDURE sub1
LOCAL X
X = "应用"
Y = "系统"
X = X + Y
RETURN
```

执行命令 DO TEST 后,屏幕显示的结果应是＿＿＿＿＿＿＿。

4. 在 Visual FoxPro 中,程序文件的扩展名是＿＿＿＿＿＿＿。

5. 符合结构化原则的三种基本控制结构是选择结构、循环结构和＿＿＿＿＿＿＿。

6. 说明公共变量的命令关键字是＿＿＿＿＿＿＿(关键字必须拼写完整)。

7. 在 Visual FoxPro 中,将只能在建立它的模块中使用的内存变量称为＿＿＿＿＿＿＿。

8. 在 Visual FoxPro 中,可以使用＿＿＿＿＿＿＿语句跳出 SCAN…ENDSCAN 循环体外执行 ENDSCAN 后面的语句。

9. 以下程序段的输出结果是＿＿＿＿＿＿＿。

```
s = 1
i = 0
DO WHILE i < 8
    s = s + i
    i = i + 2
ENDDO
?s
```

10. 以下程序段的输出结果是＿＿＿＿＿＿＿。

```
i = 1
DO WHILE i < 10
    i = i + 2
ENDDO
?i
```

11. 执行下列程序,显示的结果是＿＿＿＿＿＿＿。

```
one = " WORK"
```

```
two = ""
a = LEN(one)
i = a
DO  WHILE  i >= 1
    two = two + SUBSTR(one,i,1)
    i = i - 1
ENDDO
?two
```

12. 以下程序的运行结果是_____。

```
CLEAR
STORE  100  TO  x1,x2
SET  UDFPARMS  TO  VALUE
DO  p4  WITH  x1,(x2)
?x1,x2
 * 过程 p4
PROCEDURE  p4
PARAMETERS  x1,x2
STORE  x1 + 1  TO  x1
STORE  x2 + 1  TO  x2
ENDPROC
```

应用系统连编和发布

第 9 章 Visual FoxPro 应用系统测试与发布

第9章 | Visual FoxPro 应用系统测试与发布

本章导读

开发一个数据库应用程序需要多种类型的文件,通过项目管理器可以将一个应用程序中的各种对象有效地组织起来,便于创建、添加、修改、删除和查看应用程序中的各类对象,并能将其编译成可执行的程序文件。通过安装向导能将应用程序打包,制作成安装程序,便于在最终用户机上安装和运行应用程序。结合项目要求,本章完成的具体任务说明如下。

任务 25 项目管理器的创建和使用

创建项目文件 rsgz.pjx 管理人事工资管理系统的所有文件。

任务 26 应用程序的连编与发布

将项目文件 rsgz.pjx 连编成可执行程序文件 rsgz.exe,然后制作成发行包。

9.1 任务 25 项目管理器的创建和使用

9.1.1 任务 25 介绍

任务 25 要求建立项目文件 rsgz.pjx,并将人事工资管理系统的所有文件(包括数据库、表、查询、表单、报表、标签、程序、菜单、图片等)添加到项目文件中。

9.1.2 任务 25 分析

在数据库应用系统的开发过程中,会用到各种类型的文件,例如:数据库文件、表文件、查询文件、表单文件、报表文件、标签文件和程序文件等,利用项目管理器可以方便地管理和组织这些文件。项目管理器并不保存各种文件的具体内容,它只记录文件的文件名、文件类型、路径,以及编辑、修改或执行这些文件的方法。通过项目管理器,用户可进行添加、删除、建立、修改、打开、关闭、运行、浏览文件及编译应用程序等操作,为使应用程序能够正常运行,凡是在应用程序运行中要用到的文件,一定要添加到项目管理器中。

1. 项目的创建

方法 1:

单击【文件】菜单下的【新建】命令,在弹出的【新建】对话框中选中【项目】单选按钮,然后单击【新建文件】按钮。

方法 2:

在命令窗口中输入如下命令并执行:

```
CREAT  PROJECT  [<项目文件名>]
```

2. 项目管理器的打开|修改

方法 1：

单击【文件】菜单下的【打开】命令，在弹出的【打开】对话框中选择【文件类型】为【项目】，并选择项目文件名，单击【确定】按钮。

方法 2：

在命令窗口中输入如下命令并执行：

```
MODIFY  PROJECT  [<项目文件名>]
```

3. 项目管理器

项目管理器中有【全部】、【数据】、【文档】、【类】、【代码】及【其他】共 6 个选项卡，其中【全部】选项卡中又包括了其他 5 个选项卡的内容。【数据】选项卡包括【数据库】、【自由表】、【查询】三个选项；【文档】选项卡包括【表单】、【报表】、【标签】三个选项；【代码】选项卡包括【程序】、【API 库】、【应用程序】三个选项；【其他】选项卡包括【菜单】、【文本文件】、【其他文件】三个选项。选中某一选项卡中的某一文件选项，单击右侧的命令按钮，如【新建】、【添加】、【修改】、【运行】、【移去】或【连编】，即可执行对某一文件的相应操作。

注意：项目管理器中的命令按钮会随着用户操作对象的不同而改变。

4. 指定文件的"包含"与"排除"

项目管理器中的文件有"包含"和"排除"两种状态，应用程序在运行过程中不需要更改的文件，如程序、表单、报表、标签、查询、菜单等，通常设置为"包含"状态；而包含在项目管理器中，在应用程序运行过程中可以随意更新的文件，如数据库、表等，通常设置为"排除"状态，图标为"⊘"。

方法 1：

打开【项目管理器】，选中需要设置为"包含"或"排除"的文件，选择【项目】菜单下的【包含】或【排除】命令。

方法 2：

打开【项目管理器】，右击需要设置为"包含"或"排除"的文件，在打开的快捷菜单中选择【包含】或【排除】命令。

9.1.3 任务 25 实施步骤

步骤 1：单击【文件】菜单下的【新建】命令，在弹出的【新建】对话框中选中【项目】单选按钮，然后单击【新建文件】按钮，打开【创建】对话框，输入文件名 rsgz，单击【保存】按钮，弹出【项目管理器】对话框，如图 9-1 所示。

步骤 2：单击【数据】标签(或【全部】选项卡中的【数据】选项前面的 ⊞ 号)，选择【数据库】选项，单击【添加】命令按钮，在弹出的【打开】对话框中选择数据库文件 dbrsgz.dbc，单击【确定】按钮完成数据库的添加，用同样的方法添加数据库文件 dbsystem.dbc，添加后的效果如图 9-2 所示。

步骤 3：用同样的方法将其他文件添加到项目 rsgz.pjx 中。

步骤 4：单击【文件】菜单下的【另保存】命令，在弹出的【另存为】对话框中单击【保存】按

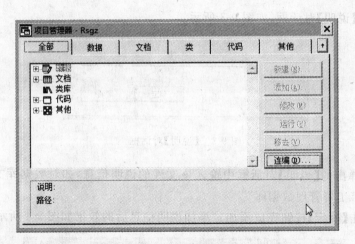

图 9-1　项目管理器

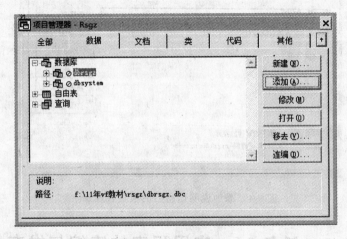

图 9-2　添加数据库

钮,或者直接关闭【项目管理器】进行自动保存,任务 25 的设计完成。

9.1.4　任务 25 归纳总结

　　创建项目文件,并将所有参加连编的文件添加到【项目管理器】中,如数据库、程序、表单、菜单、报表等,对有关数据文件设置"包含"或"排除"状态(此任务中默认即可)。利用【项目管理器】中的对应按钮可以实现文件的新建、添加、打开、关闭、浏览、修改、运行等操作,完成以上操作后保存项目文件。

9.1.5　知识点拓展

　　"文件说明"为用户了解文件的内容提供了说明信息,在项目管理器中设置文件说明信息的方法有两种:系统菜单命令方式和快捷菜单方式。操作步骤如下。
　　步骤 1:在【项目管理器】中选定所需的文件。
　　步骤 2:选择【项目】菜单中的【编辑说明】命令,或者右击鼠标,从快捷菜单中选择【编辑说明】命令，弹出【说明】对话框，如图9-3所示。

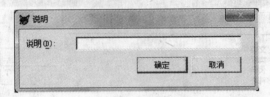

图9-3　【说明】对话框

步骤3：在弹出的【说明】对话框中输入该文件的说明信息，如对数据库文件dbrsgz添加说明文字"人事工资管理数据库"。

步骤4：单击【确定】按钮完成添加。添加说明信息后的效果如图9-4所示。

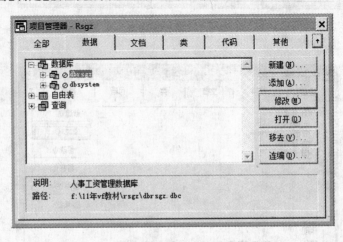

图9-4　添加说明信息后的项目管理器

9.2　任务26　应用程序的连编与发布

9.2.1　任务26介绍

将人事工资管理系统中的各种类型的文件进行连编，连编成可执行文件rsgz.exe；并将文件打包，实现应用程序的发布。

9.2.2　任务26分析

1．设置应用程序的主文件

主文件是应用程序的入口，即起始程序。在应用程序连编之前必须指定一个主文件，通过主文件直接或间接调用其他可执行的文件，最后完成整个应用程序的功能。通常主文件可以是程序文件（PRG）、菜单程序文件（MPR）或者表单文件（SCX）。在项目管理器中用黑体字表示主文件，用户可以随意更改主文件。设置主文件的方法如下。

方法1：

单击【项目管理器】中需要设置主文件的文件，选择【项目】菜单下的【设置主文件】命令。

方法2：

右击【项目管理器】中需要设置主文件的文件，选择【设置主文件】命令。

2. 连编应用程序

在 Visual FoxPro 中，可通过项目管理器管理各种类型的文件，若将这些文件整合成一个整体，需要通过项目管理器对所有文件进行连编。在 Visual FoxPro 中可连编为"应用程序"和"可执行文件"两种类型的文件。"应用程序"是指连编项目文件并创建应用程序文件，系统默认应用程序文件的主名与项目文件名相同，扩展名为 APP。"可执行文件"是指连编项目文件并创建可执行文件，系统默认可执行文件的主名与项目文件主名相同，扩展名为 EXE。连编的方法如下。

方法1：

选择【项目】菜单下的【连编】命令。

方法2：

单击【项目管理器】中【连编】命令按钮。

3. 发布应用程序

将连编成功的 EXE 文件进行打包，便实现了应用程序的发布。方法是：单击【工具】菜单下的【向导】命令，再选择【安装】命令。

9.2.3 任务 26 实施步骤

步骤1：单击【文件】菜单下的【打开】命令，在弹出的【打开】对话框中的【文件类型】下拉列表中选择【项目】，选中需要打开的项目文件 rsgz. pjx，单击【确定】命令按钮。

步骤2：在【项目管理器】中单击【代码】标签，右击【程序】选项下的 main 程序，选择【设置主文件】命令，如图 9-5 所示。

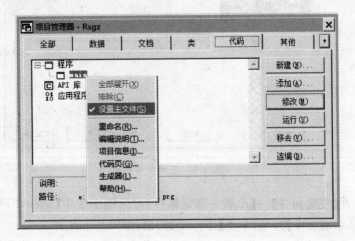

图 9-5 设置主文件

步骤3：将 Windows\System32 文件夹下的动态链接库文件 VFP6R. DLL 和 VFP6RCHS . DLL 复制到发布目录下（动态链接库文件存放在 Windows 的 System 或 System32 目录中），在【项目管理器】中单击【连编】按钮，在弹出的【连编选项】对话框中选中【连编可执行文件】单选按钮及【重新编译全部文件】、【显示错误】复选框，如图 9-6 所示，单击【确定】

Visual FoxPro 应用系统测试与发布

按钮，在弹出的【另存为】对话框中输入应用程序文件名，单击【保存】按钮完成应用程序的连编。

步骤 4：选择【工具】菜单下的【向导】命令，并在下拉菜单中选择【安装】命令，弹出【Microsoft Visual FoxPro 安装向导】对话框，如图 9-7 所示。

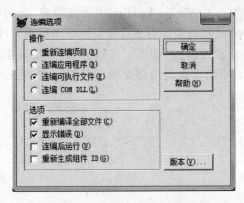

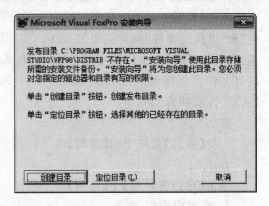

图 9-6　【连编选项】对话框　　　　图 9-7　Microsoft Visual FoxPro 安装向导

步骤 5：单击【定位目录】按钮，在弹出的【安装向导】→【步骤 1-定位文件】对话框中选择发布树的目录，单击【下一步】按钮，如图 9-8 所示。

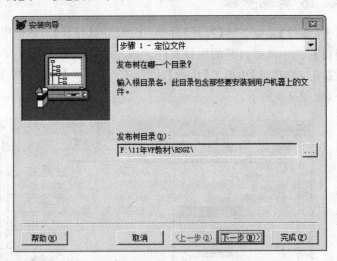

图 9-8　安装向导步骤 1

步骤 6：在【安装向导】→【步骤 2-指定组件】对话框中选中【Visual FoxPro 运行时刻组件】和【ODBC 驱动程序】选项，单击【下一步】按钮，如图 9-9 所示。

步骤 7：在【安装向导】→【步骤 3-磁盘映像】对话框中选择磁盘映像的目录，在【磁盘映像】选项中选择【网络安装（非压缩）】，单击【下一步】按钮，如图 9-10 所示。

步骤 8：在【安装向导】→【步骤 4-安装选项】对话框的【安装对话框标题】中输入"人事工资管理系统"，在【版权信息】中输入"哈尔滨商业大学广厦学院计算机科学与技术系"，在【执行程序】中选择可执行应用程序，单击【下一步】按钮，如图 9-11 所示。

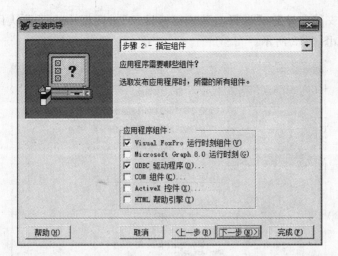

图 9-9　安装向导步骤 2

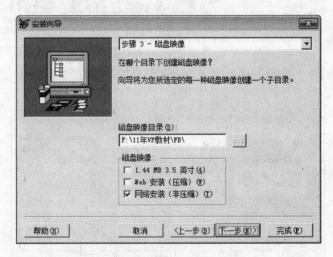

图 9-10　安装向导步骤 3

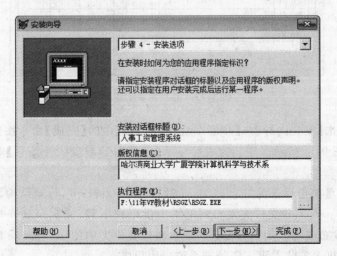

图 9-11　安装向导步骤 4

Visual FoxPro 应用系统测试与发布

步骤 9：在【安装向导】→【步骤 5-默认目标目录】对话框中选择默认目标的目录，单击【下一步】按钮，如图 9-12 所示。

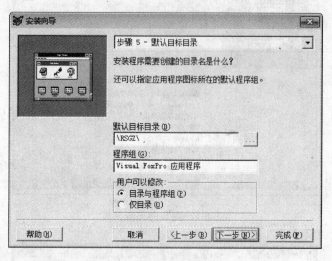

图 9-12　安装向导步骤 5

步骤 10：单击【安装向导】→【步骤 6-改变文件设置】对话框中的【下一步】按钮，如图 9-13 所示。

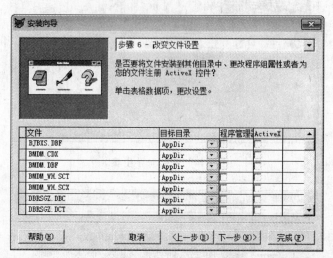

图 9-13　安装向导步骤 6

步骤 11：单击【安装向导】→【步骤 7-完成】对话框中的【完成】命令按钮，安装向导将生成磁盘映像，如图 9-14 所示。安装完成后显示【安装向导磁盘统计信息】对话框，如图 9-15 所示。

步骤 12：磁盘映像目录为"F:\11 年 vf 教材\fb\netsetup"，目录结构如图 9-16 所示。

步骤 13：将 netsetup 文件夹发布到网络上供用户下载，或刻录到光盘上提供给用户，至此，应用程序发布成功。用户只要运行磁盘映像文件夹中的 setup.exe 应用程序文件，即可在用户的计算机上安装人事工资管理系统应用程序。

图 9-14　安装向导步骤 7

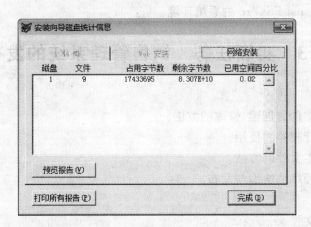

图 9-15　安装向导完成对话框

图 9-16　目录结构图

Visual FoxPro 应用系统测试与发布

9.2.4 任务 26 归纳总结

首先打开项目,设置主文件,然后在【项目管理器】中单击【连编】命令按钮进行应用程序的连编,最后选择【工具】菜单下的【向导】命令,在级联菜单中选择【安装】命令进行应用程序的发布,以供其他用户使用。应用程序的发布包括如下步骤:步骤 1 是指定发布树目录;步骤 2 是指定组件;步骤 3 是设置磁盘映像,选择存储发行文件的目录;步骤 4 是安装选项,设置有关信息并选择运行程序;步骤 5 是默认目标目录,指定系统安装的默认目录;步骤 6 是改变文件位置;步骤 7 是完成发布过程。

9.2.5 知识点拓展

【连编选项】对话框中,"连编可执行文件"生成的扩展名为 EXE 的文件比"连编应用程序"生成的扩展名为 APP 的文件大一些,运行 EXE 文件时,可以脱离 Visual FoxPro 的系统环境,但必须有 Visual FoxPro 的 vfp6r.dll 和 vfp6rchs.dll 两个文件,而运行 APP 应用程序时不能脱离 Visual FoxPro 的系统环境。

9.3 实训任务 销售管理系统的发布

实训目的:
(1) 掌握项目文件的创建、修改的方法。
(2) 掌握项目管理器的使用。
(3) 掌握设置主文件的方法。
(4) 掌握应用程序的连编与发布。

实训内容:
(1) 创建项目文件 xsgl.pjx。
(2) 将已创建好的各类文件添加到项目文件 xsgl.pjx 中。
(3) 设置程序 main.prg 为主文件。
(4) 连编应用程序。
(5) 发布应用程序。

习　题　9

一、选择题

1. 项目文件的扩展名为(　　)。
　　A) PRO　　　　　　B) PRG　　　　　　C) PJX　　　　　　D) PJT

2. 以命令方式修改项目文件所使用的命令是(　　)。
　　A) MODIFY　COMMAND　　　　B) CHANG　PROJECT
　　C) MODIFY　PROJECT　　　　D) CHANGE　COMMAND

3. 项目管理器中的主文件(　　)。
　　A) 可以是项目文件中的任何一个文件

B) 一个可运行的文件,通常是程序文件、菜单文件或表单文件

C) 可同时设多个文件为主文件

D) 只能是一个程序文件

4. 在项目管理器的【连编选项】对话框中,连编. APP 文件应选择(   ),连编. EXE 文件应选择(   )。

A) 重新连编项目   B) 连编应用程序

C) 连编可执行文件   D) 连编 COM   DLL

二、填空题

1. 表单、程序分别位于项目管理器的_____选项卡和_____选项卡中。

2. 以命令方式创建项目使用_____命令动词,完整的命令格式是_____。

3. 项目文件中整个项目的入口文件被称为_____。

4. 选择【项目】菜单下的_____命令,可以对项目中的文件添加说明。

5. 项目管理器中,使用_____命令按钮,可以创建可执行文件,在没有安装 Visual FoxPro 的计算机系统中使用创建的应用程序,需要复制_____和_____两个 Visual FoxPro 系统文件。

6. 在 Visual FoxPro 中制作安装盘可以通过_____菜单下的_____再选择_____命令实现。

附录 A   Visual FoxPro 常用命令

Visual FoxPro 常用命令见表 A-1。

表 A-1   Visual FoxPro 常用命令

命　令	功　能
?	在下一行显示表达式结果
??	在当前行显示表达式结果
@	将数据按用户设定的格式显示在屏幕上或在打印机上打印
ACCEPT	把一个字符串赋给内存变量
APPEND	向表末追加记录
APPEND　FROM	从其他文件将记录添加到表文件中
AVERAGE	计算数值表达式的算术平均值
BROWSE	打开表的浏览窗口
CANCEL	终止程序执行,返回命令提示符
CASE	在多重选择语句中,指定一个条件
CHANGE	对表中的指定字段和记录进行编辑
CLEAR	清洁屏幕,将光标移动到屏幕左上角
CLEAR　ALL	关闭所有打开的文件,释放所有内存变量,选择 1 号工作区
CLEAR　MEMORY	清除当前所有用户定义的内存变量
CLOSE	关闭指定类型文件
CONTINUE	把记录指针指到下一个满足 LOCATE 命令给定条件的记录,在 LOCATE 命令后出现。无 LOCATE 则出错
COPY　TO	将使用的表文件复制到另一个表文件或文本文件
COPY　STRUCTURE　TO	将正在使用的表文件的结构复制到目的表文件中
COUNT	计算给定范围内指定记录的个数
CREATE	定义一个新表文件结构并将其登记到目录中
CREATE　LABEL	建立并编辑一个标签格式文件
CREATE　REPORT	建立并编辑一个报表格式文件
DELETE	给指定的记录加上删除标记
DIMENSION	定义内存变量数组
DISPLAY	显示一个打开的表文件的记录和字段
DISPLAY　MEMORY	分页显示当前的内存变量
DISPLAY　STATUS	显示系统状态和系统参数
DISPLAY　STRUCTURE	显示当前表文件的结构
DO	执行 FoxPro 程序
DO　CASE	程序中多重判断开始的标志
DO　WHILE	程序中一个循环开始的标志

命　　令	功　　能
EDIT	编辑数据表字段的内容
ELSE	在 IF…ENDIF 结构中提供另一个条件选择路线
ENDCASE	终止多重判断
ENDDO	程序中一个循环体结束的标志
ENDIF	判断 IF…ENDIF 结构结束标志
EXIT	在循环体内执行退出循环的命令
FIND	将记录指针移动到第一个含有与给定字符串一致的索引关键字的记录上
GO/GOTO	将记录指针移动到指定的记录号
HELP	激活帮助菜单,解释 FoxPro 的命令
IF	在 IF…ENDIF 结构中指定判断条件
INDEX	根据指定的关键词生成索引文件
INPUT	接收从键盘输入的一个表达式并赋予指定的内存变量
INSERT	在指定的位置插入一个记录
JOIN	从两个表文件中把指定的记录和字段组合成另一个表文件
LABEL　FORM	用指定的标签格式文件打印标签
LIST	列出数据表文件的记录和字段
LIST　MEMORY	列出当前内存变量及其值
LIST　STATUS	列出当前系统状态和系统参数
LIST　STRUCTURE	列出当前使用的数据表的表结构
LOCATE	将记录指针移动到对给定条件为真的记录上
LOOP	跳过循环体内 LOOP 与 ENDDO 之间的所有语句,返回到循环体首行
MODIFY　COMMAND	进入 FoxPro 系统的字处理状态,并编辑一个 ASCII 码文本文件(如果指定的文件名以 .PRG 为后缀,则编辑一个 FoxPro 命令文件)
MODIFY　FILE	编辑一个一般的 ASCII 码文本文件
MODIFY　STRUCTURE	修改当前使用的表文件结构
NOTE/ *	在命令文件(程序)中插入一行注释(本行不被执行)
OTHERWISE	在多重判断(DO CASE)中指定除给定条件外的其他情况
PACK	彻底删除加有删除标记的记录
PARAMETERS	指定子过程接收主过程传递来的参数所存放的内存变量
PRIVATE	定义内存变量的属性为局部性质
PROCEDURE	一个子过程开始的标志
PUBLIC	定义内存变量为全局性质
QUIT	关闭所有文件并退出 FoxPro
RECALL	恢复用 DELETE 加上删除标记的记录
REINDEX	重新建立正在使用的原有索引文件
RELEASE	清除当前内存变量和汇编语言子程序
RENAME	修改文件名
REPLACE	用指定的数据替换数据表字段中原有的内容
REPORT　FORM	显示数据报表
RETURN	结束子程序,返回调用程序
RUN/!	在 FoxPro 中执行一个操作系统程序

命　　令	功　　能
SEEK	将记录指针移到第一个含有与指定表达式相符的索引关键字的记录
SELECT	选择一个工作区
SET	设置 FoxPro 控制参数
SET　CENTURY　ON/OFF	设置日期型变量要/不要世纪前缀
SET　DATE	设置日期表达式的格式
SET　DEFAULT　TO	设置默认的驱动器
SET　DELETED　ON/OFF	设置隐藏/显示有删除标记的记录
SET　EXACT　ON/OFF	在字符串的比较中,要求/不要求准确一致
SET　FILTER　TO	在操作中将数据库中所有不满足给定条件的记录排除
SET　INDEX　TO	打开指定的索引文件
SET　ORDER　TO	指定索引文件列表中的索引文件
SET　PROCEDURE　TO	打开指定的过程文件
SET　RELATION　TO	根据一个关键字表达式连接两个数据表文件
SET　SAFETY　ON/OFF	设置保护,在重写文件时提示用户确认
SET　TALK　ON/OFF	是否将命令执行的结果传送到屏幕上
SKIP	以当前记录指针为基准,前后移动指针
SORT　TO	根据表文件的一个字段或多个字段产生一个排序的表文件
STORE	赋值语句
SUM	计算并显示表记录的一个表达式在某范围内的和
TYPE	显示 ASCII 码文件的内容
UPDATE	允许对一个表文件进行成批修改
USE	执行带文件名的 USE 命令表示打开这个表文件;无文件名时,表示关闭当前的表文件
WAIT	暂停程序执行,按任意键继续执行
ZAP	删除当前表文件的所有记录(不可恢复)

附录 B　Visual FoxPro 常用文件类型

Visual FoxPro 常用文件类型见表 B-1。

表 B-1　Visual FoxPro 常用文件类型

文件类型	扩展名	文件类型	扩展名
生成的应用程序	.app	内存变量保存文件	.mem
索引，压缩索引	.idx	菜单备注	.mnt
复合索引	.cdx	菜单文件	.mnx
数据库	.dbc	生成的菜单程序	.mpr
数据库备注	.dct	编译后的菜单程序	.mpx
数据库索引	.dcx	ActiveX(或 OLE)控件	.ocx
表	.dbf	项目备注	.pjt
表备注	.fpt	项目文件	.pjx
Windows 动态链接库	.dll	程序文件	.prg
编译错误	.err	生成的查询程序	.qpr
可执行程序文件	.exe	编译后的查询程序	.qpx
Visual FoxPro 动态链接库	.fll	表单备注	.sct
报表备注	.frt	表单文件	.scx
报表文件	.frx	文本文件	.txt
编译后的程序文件	.fxp	可视类库备注	.vct
标签备注	.lbt	可视类库文件	.vcx
标签文件	.lbx	视图	.vue

附录 C　　Visual FoxPro 常用函数

1. 字符及字符串处理函数（表 C-1）

表 C-1　字符及字符串处理函数

函 数 格 式	函 数 功 能
SUBSTR(c,n1,n2)	取字符串 c 第 n1 个字符起的 n2 个字符，返回值类型是字符型
TRIM(字符串)	删除字符串的尾部空格
ALLTRIM(字符串)	删除字符串的前后空格
LTRIM(字符串)	删除字符串前面的空格
RTRIM(字符串)	删除字符串的尾部空格
SPACE(n)	产生指定个数的空格字符串（n 用于指定空格个数）
LEFT(c,n)	取字符串 c 左边的 n 个字符
RIGHT(c,n)	取字符串 c 右边的 n 个字符
EMPTY(c)	用于测试字符串 c 是否为空串
AT(字符串 1,字符串 2)	返回字符串 1 在字符串 2 的位置
LOWER(字符串)	将字符串中的字母变为小写
UPPER(字符串)	将字符串中的字母变为大写
LEN(字符串)	求指定字符串的长度

2. 数学运算函数（表 C-2）

表 C-2　数学运算函数

函 数 格 式	函 数 功 能
INT(数值)	取指定数值的整数部分
ROUND(n1,n2)	根据给出的小数位数 n2，对 n1 的计算结果做四舍五入处理
SQRT(数值)	求指定数值的算术平方根
MAX(n1,n2,…)	返回数值表达式中的最大值
MIN(n1,n2,…)	返回数值表达式中的最小值
MOD(e1,e2)	求表达式 e1 对表达式 e2 的余数
EXP(数值表达式)	计算以自然数 e 为底数，表达式的值为指数的幂
LOG(数值表达式)	计算表达式值的自然对数，返回 $\ln x$ 的值

3. 转换函数（表 C-3）

表 C-3　转换函数

函 数 格 式	函 数 功 能
STR(n,n1,n2)	将数值 n 转换为字符串，n1 为总长度，n2 为小数位数
VAL(s)	将数字字符串 s 转换为数值
CTOD(c)	将日期字符串 c 转换为日期
DTOC(d)	将日期 d 转换为日期字符串
TTOC(t)	将日期时间转换为日期时间字符串
CTOT(c)	将日期时间字符串转换为日期时间
ASC(＜字符表达式＞)	把＜字符表达式＞左边第一个字符转成相应的 ASCII 码值
CHR(数值表达式)	把数值转成相应的 ASCII 码字符，返回值为字符型
STUFF(＜字符表达式 1＞,＜起始位置＞,＜字符个数＞,＜字符表达式 2＞)	从指定位置开始，用＜字符表达式 2＞的值去替换＜字符表达式 1＞中指定个数的字符。若＜字符个数＞为零，直接插入；若＜字符表达式 2＞为空字符串，则删除＜字符表达式 1＞中指定个数的字符

4. 测试函数（表 C-4）

表 C-4　测试函数

函 数 格 式	函 数 功 能
EOF([n])	该函数用于测试指定工作区中的表的记录指针是否指向文件尾，是则返回真值；否则返回假值；省略可选项指当前工作区
BOF([n])	用于测试指定工作区中的表的记录指针是否指向文件头，是则返回真值；否则返回假值；省略可选项指当前工作区
RECNO()	得到当前的记录号
RECCOUNT()	得到表的记录数
FCOUNT()	得到当前的字段数
FOUND()	测试用 FIND、SEEK 和 LOCATE 命令查找记录是否成功。如成功则返回真值，否则为假值
FILE(字符表达式)	测试字符表达式指定的文件是否存在
TYPE(字符表达式)	测试表达式的数据类型，返回大写字母：N(数值)、C(字符)、L(逻辑)、D(日期)、M(备注)
SELECT()	返回当前工作区的区号
DBF()	返回当前工作区打开的表名

5. 日期函数（表 C-5）

表 C-5　日期函数

函 数 格 式	函 数 功 能
DATE()	给出系统的当前日期，返回值是日期型数据
YEAR(日期表达式)	从日期表达式中返回一个由 4 位数字表示的年份
MONTH(日期表达式)	从日期表达式中返回一个用数字表示的月份
DAY(日期表达式)	从日期表达式中返回一个用数字表示的日期
TIME()	得到当前系统的时间字符串
DATETIME()	得到当前系统的日期时间
DOW(日期表达式)	星期函数，用数字表示星期，1 表示星期日，7 为星期六
CDOW(日期表达式)	星期函数，用英文表示星期

6. 其他函数（表 C-6）

表 C-6 其他函数

函 数 格 式	函 数 功 能
& 变量名	Visual FoxPro 中只有宏替换函数没有括号，功能是返回指定字符型变量中所存放的字符串
IIF（表达式，表达式 1，表达式 2）	若表达式值为真，则返回表达式 1 的值；否则返回表达式 2 的值；函数返回值类型与表达式 1 或表达式 2 类型一致
MESSAGEBOX（提示文本［，对话框类型［，对话框标题文本］］）	显示提示对话框

附录 D　Visual FoxPro 可视化设计工具

1. Visual FoxPro 向导（表 D-1）

表 D-1　Visual FoxPro 向导

名　称	功　能
表向导	引导用户在 Visual FoxPro 表结构的基础上快速创建新表
报表向导	引导用户利用单独的表来快速创建报表
一对多报表向导	引导用户从相关的表中快速创建报表
数据库向导	创建包含指定表和视图的数据库
标签向导	引导用户快速创建一个符合标准 Avery 格式的邮件标签
分组/总计报表向导	引导用户快速创建分组统计报表
表单向导	引导用户快速创建表单
一对多表单向导	引导用户从相关的表中快速创建表单
查询向导	引导用户快速创建查询
交叉表向导	用电子数据表的格式显示数据
本地视图向导	引导用户利用本地数据快速创建视图
远程视图向导	引导用户利用 ODBC 数据源来快速创建视图
导入向导	从其他应用程序中将数据导入到一个新的或已有的 Visual FoxPro 表中
文档向导	引导用户从项目和程序文件的代码中产生格式化的文本文件
图形向导	在 Microsoft Graph 中创建显示 Visual FoxPro 表数据的图形
应用程序向导	引导用户快速创建 Visual FoxPro 应用程序
SQL 升迁向导	引导用户创建 Visual FoxPro 数据库的 SQL Server 版本
Oracle 升迁向导	引导用户创建 Visual FoxPro 数据库的 Oracle 版本
数据透视表向导	引导用户快速创建数据透视表
安装向导	给一个 Visual FoxPro 应用程序创建安装程序
邮件合并向导	创建一个数据源，此数据源在字处理器中可以用于邮件合并
Web 发布向导	在 Web 上发布 Visual FoxPro 数据
WWW 搜索页向导	创建用于搜索 Visual FoxPro 数据的 HTML Web 页

2. Visual FoxPro 设计器(表 D-2)

表 D-2　Visual FoxPro 设计器

名　称	功　能
数据库设计器	创建数据库,建立及编辑表间联系
表设计器	创建表,设置表索引、有效性等
查询设计器	创建查询文件
视图设计器	创建视图文件
表单设计器	创建表单文件,设计对数据操作的图形界面
报表设计器	创建报表文件,格式化输出表中数据
标签设计器	创建标签文件,设计记录的输出格式
菜单设计器	创建条形菜单和快捷菜单
数据环境设计器	对表单、表单集、报表文件的数据源进行操作
连接设计器	为远程视图创建连接

3. Visual FoxPro 生成器(表 D-3)

表 D-3　Visual FoxPro 生成器

名　称	功　能
表达式生成器	创建并编辑表达式
参照完整性生成器	建立数据库表间的参照完整性规则
表单生成器	创建表单
自动格式生成器	用于格式化一组控件
文本框生成器	设计文本框
命令按钮组生成器	设计命令按钮组
编辑框生成器	设计编辑框
组合框生成器	设计组合框
列表框生成器	设计列表框
选项组生成器	设计选项按钮组
表格生成器	设计表格

参 考 文 献

[1] 韩培友,董桂云,柳虹.数据库技术.西安:西北工业大学出版社,2008.

[2] 苗雪兰,刘瑞新,宋会群.数据库系统原理及应用教程.北京:机械工业出版社,2004.

[3] 蔡卓毅,林盛雄,林羽扬,黄竺.中文 Visual FoxPro 6.0 数据库程序设计与实例.北京:冶金工业出版社,2011.

[4] 刘卫国.Visual FoxPro 程序设计教程.北京:北京邮电大学出版社,2005.

[5] 孙承爱,李堂军.Visual FoxPro 程序设计基础与项目实训.北京:中国人民大学出版社,2009.

[6] 宋长龙等.Visual FoxPro 数据库及面向对象程序设计基础.北京:清华大学出版社,2007.

[7] 熊发涯.Visual FoxPro 程序设计.北京:中国铁道出版社,2005.

[8] 陈孟建,田文雅,张红,董国荣.Visual FoxPro 6.0 实用教程.北京:电子工业出版社,2004.

[9] 朱珍.Visual FoxPro 数据库程序设计.北京:中国铁道出版社,2008.

[10] 张跃平.Visual FoxPro 课程设计.北京:清华大学出版社,2008.

[11] 肖金秀,岑永欣,黄键锋.新编 Visual FoxPro 6.0 应用基础教程.北京:中国石化出版社,1999.